Maurice Leblanc

Arsène Lupin

El caballero ladrón

Maurice Leblanc

Arsène Lupin

El caballero ladrón

Bibliografische Information der Deutschen Nationalbibliothek:
Die Deutsche Nationalbibliothek verzeichnet diese Publikation in der Deutschen Na-
tionalbibliografie; detaillierte bibliografische Daten sind im Internet über
http://dnb.dnb.de abrufbar.

© 2021 ISNED GmbH

Mitarbeit: Ximena Amado

Herstellung und Verlag: BoD – Books on Demand, Norderstedt

ISBN: 978-3-7534-9542-2

Capítulos

I.   El arresto de Arsène Lupin 7

II.   Arsène Lupin en la cárcel.. 21

III. La fuga de Arsène Lupin 45

IV.   El viajero misterioso.. 69

V.   El collar de la reina 87

VI.   El siete de corazones...107

VII. La caja fuerte de madame Imbert...147

VIII. La perla negra 161

IX.   Herlock Sholmès llega demasiado tarde..179

I.   El arresto de Arsène Lupin

Fue un final extraño para un viaje que había comenzado de la manera más auspiciosa. El vapor transatlántico "La Provence" era un barco rápido y cómodo, bajo el mando de un hombre muy afable. Los pasajeros constituían una sociedad selecta y atractiva. El encanto de las nuevas amistades y las diversiones improvisadas sirvieron para hacer pasar el tiempo de forma agradable. Disfrutamos de la agradable sensación de estar separados del mundo, viviendo, por así decirlo, en una isla desconocida, y en consecuencia obligados a ser sociables entre nosotros.

¿Se han detenido alguna vez a considerar cuánta originalidad y espontaneidad emanan de estos diversos individuos que la noche anterior ni siquiera se conocían, y que, ahora, durante varios días, están condenados a llevar una vida de extrema intimidad, y desafían conjuntamente la cólera del océano, el terrible embate de las olas, la violencia de la tempestad y la agonizante monotonía del agua tranquila y adormecida? Una vida así se convierte en una especie de existencia trágica, con sus tormentas y sus grandezas, su monotonía y su diversidad; y por eso, tal vez, nos embarcamos en ese corto viaje con sentimientos mezclados de placer y temor.

Pero, durante los últimos años, se ha añadido una nueva sensación a la vida del viajero transatlántico. La pequeña isla flotante está ahora unida al mundo del que antes era bastante libre. Un vínculo los unía, incluso en el corazón de los desechos acuáticos del Atlántico. Ese vínculo es el telégrafo inalámbrico, por medio del cual recibimos noticias de la manera más misteriosa. Sabemos muy bien que el mensaje no se transmite por medio de un cable hueco. No, el misterio es aún más inexplicable, más romántico, y debemos recurrir a las alas del aire para explicar este nuevo milagro. Durante el primer día de viaje, nos sentimos seguidos, escoltados, precedidos incluso, por esa voz lejana que, de vez en cuando, susurraba a uno de nosotros unas palabras del mundo que se alejaba. Dos amigos me hablaron. Otros diez o veinte enviaron palabras alegres o sombrías de despedida a otros pasajeros.

El segundo día, a una distancia de quinientas millas de la costa francesa, en medio de una violenta tormenta, recibimos el siguiente mensaje por medio del telégrafo inalámbrico:

"Arsène Lupin está en su barco, primer camarote, pelo rubio, herida en el antebrazo derecho, viajando solo bajo el nombre de R........"

En ese momento, un terrible relámpago rasgó el cielo tormentoso. Las ondas eléctricas se interrumpieron. El resto del despacho nunca llegó. Del nombre bajo el que se ocultaba Arsène Lupin, sólo conocíamos la inicial.

Si la noticia hubiera tenido otro carácter, no dudo de que el secreto habría sido cuidadosamente guardado por el operador telegráfico, así como por los oficiales del barco. Pero era uno de esos acontecimientos calculados para escapar de la más rigurosa discreción. El mismo día, no se sabe cómo, el incidente se convirtió en un asunto de cotilleo corriente y todos los pasajeros fueron conscientes de que el famoso Arsène Lupin se escondía entre nosotros.

Arsène Lupin entre nosotros, el irresponsable ladrón cuyas hazañas se habían narrado en todos los periódicos durante los últimos meses, el misterioso individuo con el que Ganimard, nuestro detective más astuto, se había enzarzado en un conflicto implacable en un entorno interesante y pintoresco. Arsène Lupin, el excéntrico caballero que sólo opera en los chateaux y salones, y que una noche entró en la residencia del barón Schormann, salió con las manos vacías, y dejó solamente su tarjeta en la que había garabateado estas palabras: "Arsène Lupin, caballero ladrón, volverá cuando los muebles sean auténticos". Arsène Lupin, el hombre de los mil disfraces: a su vez chofer, detective, librero, médico ruso, torero español, viajero comercial, joven robusto o anciano decrépito.

Entonces considere esta sorprendente situación: Arsène Lupin estaba vagando dentro de los límites limitados de un vapor transatlántico; en ese pequeño rincón del mundo, en ese salón comedor, en esa sala de fumar, en esa sala de música. Arsène

Lupin era, tal vez, este caballero.... o aquel.... mi vecino de mesa.... el que compartía mi camarote....

"¡Y este estado de cosas durará cinco días!", exclamó la señorita Nelly Underdown, a la mañana siguiente. "¡Es insoportable! Espero que lo arresten"

Luego, dirigiéndose a mí, añadió:

"Y usted, *Monsieur* d'Andrézy, está en términos íntimos con el capitán; seguramente sabe algo".

Me habría encantado poseer cualquier información que pudiera interesar a la señorita Nelly. Era una de esas magníficas criaturas que inevitablemente atraen la atención en todas las asambleas. La riqueza y la belleza forman una combinación irresistible, y Nelly poseía ambas.

Educada en París bajo el cuidado de una madre francesa, iba ahora a visitar a su padre, el millonario Underdown de Chicago. La acompañaba una de sus amigas, *Lady* Jerland.

Al principio, había decidido iniciar un coqueteo con ella; pero, en la creciente intimidad del viaje, pronto quedé impresionado por sus encantadoras maneras y mis sentimientos se volvieron demasiado profundos y reverenciales para un mero coqueteo. Además, aceptó mis atenciones con cierto grado de favor. Se dignó a reírse de mis ocurrencias y mostrar interés por mis historias. Sin embargo, sentí que tenía un rival en la persona de un joven de gustos tranquilos y refinados; y me pareció, a veces, que ella prefería su humor taciturno a mi frivolidad parisina. Él formaba parte del círculo de admiradores que rodeaba a la señorita Nelly en el momento en que me dirigió la pregunta anterior. Todos estábamos cómodamente sentados en nuestras tumbonas. La tormenta de la noche anterior había despejado el cielo. El tiempo era ahora delicioso.

"No tengo ningún conocimiento definitivo, mademoiselle", respondí, "pero, ¿no podemos nosotros mismos investigar el misterio tan bien como el detective Ganimard, el enemigo personal de Arsène Lupin?"

"¡Oh! ¡Oh! Está usted progresando muy rápido, Monsieur".

"En absoluto, mademoiselle. En primer lugar, permítame preguntarle si el problema le parece complicado".

"Muy complicado".

"¿Ha olvidado la clave que tenemos para la solución del problema?"

"¿Qué llave?"

"En primer lugar, Lupin se hace llamar Monsieur R-------".

"Una información bastante vaga", respondió ella.

"En segundo lugar, está viajando solo".

"¿Eso te ayuda?", preguntó ella.

"En tercer lugar, es rubio".

"¿Y bien?"

"Entonces sólo tenemos que examinar la lista de pasajeros y proceder por proceso de eliminación".

Tenía la lista en mi bolsillo. La saqué y la ojeé. Luego comenté:

"Encuentro que sólo hay trece hombres en la lista de pasajeros cuyos nombres comienzan con la letra R."

"¿Sólo trece?"

"Sí, en el primer camarote. Y de esos trece, encuentro que nueve de ellos están acompañados por mujeres, niños o sirvientes. Sólo quedan cuatro que viajan solos. Primero, el Marqués de Raverdan..."

"secretario del embajador americano", interrumpió la señorita Nelly. "Lo conozco".

"El mayor Rawson", continué.

"Es mi tío", dijo alguien.

" Monsieur Rivolta".

"¡Aquí!", exclamó un italiano, cuyo rostro se ocultaba bajo una espesa barba negra.

La señorita Nelly estalló en carcajadas, y exclamó: "Ese caballero apenas puede llamarse rubio".

"Muy bien, entonces", dije, "nos vemos obligados a concluir que el culpable es el último de la lista".

"¿Cómo se llama?"

"Monsieur Rozaine. ¿Alguien lo conoce?"

Nadie respondió. Pero la señorita Nelly se dirigió al joven taciturno, cuyas atenciones hacia ella me habían molestado, y dijo:

"Bueno, Monsieur Rozaine, ¿por qué no responde?"

Todos los ojos se volvieron hacia él. Era rubio. Debo confesar que yo mismo sentí un sobresalto de sorpresa, y el profundo silencio que siguió a su pregunta indicaba que los demás presentes también veían la situación con un sentimiento de súbita alarma. Sin embargo, la idea era absurda, porque el caballero en cuestión presentaba un aire de la más perfecta inocencia.

"¿Por qué no contesto?", dijo. "Porque, teniendo en cuenta mi nombre, mi posición como viajero solitario y el color de mi pelo, ya he llegado a la misma conclusión, y ahora pienso que debería ser arrestado".

Presentaba un aspecto extraño al pronunciar estas palabras. Sus finos labios estaban más apretados que de costumbre y su rostro estaba espantosamente pálido, mientras que sus ojos estaban manchados de sangre. Por supuesto, estaba bromeando, pero su aspecto y actitud nos impresionaron extrañamente.

"¿Pero usted no tiene la herida?", dijo la señorita Nelly, ingenuamente.

"Es cierto", respondió él, "me falta la herida".

Entonces se levantó la manga, quitándose el manguito, y nos mostró su brazo. Pero esa acción no me engañó. Nos había mostrado su brazo izquierdo, y yo estaba a punto de llamar su atención sobre el hecho, cuando otro incidente desvió nuestra atención. *Lady* Jerland, la amiga de Miss Nelly vino corriendo hacia nosotros en un estado de gran excitación, exclamando:

"¡Mis joyas, mis perlas! Alguien las ha robado todas".

No, no habían desaparecido todas, como pronto descubrimos. El ladrón sólo se había llevado una parte, cosa muy curiosa. De los brotes de diamantes, los colgantes de joyas, las pulseras y los collares, el ladrón se había llevado, no los más grandes, sino las piedras más finas y valiosas. Las monturas estaban sobre la mesa. Las vi allí, despojadas de sus joyas, como flores de las que se hubieran arrancado sin piedad los hermosos pétalos de colores. Y este robo debió de cometerse en el momento en que

Lady Jerland tomaba el té; a plena luz del día, en un camarote que daba a un pasillo muy frecuentado; además, el ladrón se había visto obligado a forzar la puerta del camarote, buscar el joyero, que estaba escondido en el fondo de un sombrerero, abrirlo, seleccionar su botín y sacarlo de las monturas.

Por supuesto, todos los pasajeros llegaron al instante a la misma conclusión: era obra de Arsène Lupin.

Ese día, en la mesa de la cena, los asientos a la derecha y a la izquierda de Rozaine permanecieron vacantes; y, durante la noche, se rumoreó que el capitán lo había puesto bajo arresto, información que produjo una sensación de seguridad y alivio. Volvimos a respirar. Esa noche, reanudamos nuestros juegos y bailes. La señorita Nelly, especialmente, mostró un espíritu de alegría irreflexiva que me convenció de que, si las atenciones de Rozaine le habían resultado agradables al principio, ya las había olvidado. Su encanto y su buen humor completaron mi conquista. A medianoche, bajo una luna brillante, declaré mi devoción con un ardor que no pareció desagradarle.

Pero, al día siguiente, para nuestro asombro general, Rozaine estaba en libertad. Nos enteramos de que las pruebas contra él no eran suficientes. Había presentado documentos perfectamente regulares que demostraban que era hijo de un rico comerciante de Burdeos. Además, sus brazos no presentaban el más mínimo rastro de herida.

"¡Documentos! ¡Certificados de nacimiento!" exclamaron los enemigos de Rozaine, "por supuesto, Arsène Lupin les proporcionará todos los que deseen. Y en cuanto a la herida, nunca la tuvo, o se la ha quitado".

Entonces se demostró que, en el momento del robo, Rozaine estaba paseando por la cubierta. A este hecho, sus enemigos respondieron que un hombre como Arsène Lupin podía cometer un crimen sin estar realmente presente. Y entonces, al margen de todas las demás circunstancias, quedaba un punto que ni siquiera los más escépticos podían responder: ¿Quién, salvo Rozaine, viajaba solo, era rubio y llevaba un nombre que empezaba por R? ¿A quién apuntaba el telegrama, si no era a Rozaine?

Y cuando Rozaine, unos minutos antes del desayuno, se acercó audazmente a nuestro grupo, la señorita Nelly y *Lady* Jerland se levantaron y se alejaron.

Una hora más tarde, una circular manuscrita pasaba de mano en mano entre los marineros, los camareros y los pasajeros de todas las clases. En ella se anunciaba que

Monsieur Louis Rozaine ofrecía una recompensa de diez mil francos por el descubrimiento de Arsène Lupin u otra persona en posesión de las joyas robadas.

"Y si nadie me ayuda, yo mismo desenmascararé al canalla", declaró Rozaine.

Rozaine contra Arsène Lupin, o más bien, según la opinión actual, el propio Arsène Lupin contra Arsène Lupin; la contienda prometía ser interesante.

Nada se desarrolló durante los dos días siguientes. Vimos a Rozaine deambular día y noche, buscando, interrogando, investigando. El capitán también mostró una actividad encomiable. Hizo que se registrara el barco de proa a popa; saqueó todos los camarotes bajo la plausible teoría de que las joyas podían estar ocultas en cualquier lugar, excepto en la propia habitación del ladrón.

"Supongo que pronto descubrirán algo", me comentó la señorita Nelly. "Puede que sea un mago, pero no puede hacer que los diamantes y las perlas se vuelvan invisibles".

"Desde luego que no", respondí, "pero debería examinar el forro de nuestros sombreros y chalecos y todo lo que llevamos encima".

Luego, exhibiendo mi Kodak, una 9x12 con la que la había estado fotografiando en diversas poses, añadí: "En un aparato no más grande que ése, una persona podría ocultar todas las joyas de *Lady* Jerland. Podría fingir que hace fotos y nadie sospecharía del juego".

"Pero he oído decir que todo ladrón deja alguna pista tras de sí".

"Eso puede ser generalmente cierto", respondí, "pero hay una excepción: Arsène Lupin".

"¿Por qué?"

"Porque concentra sus pensamientos no sólo en el robo, sino en todas las circunstancias relacionadas, la cuales podrían servir como pista de su identidad".

"Hace unos días usted estaba más seguro".

"Pero lo he visto en acción desde entonces."

"¿Y qué opina ahora?", preguntó.

"Bueno, en mi opinión, estamos perdiendo el tiempo".

Y, de hecho, la investigación no había dado ningún resultado. Mientras tanto, el reloj del capitán había sido robado. Estaba furioso. Aceleró sus esfuerzos y vigiló a Rozaine más de cerca que antes. Al día siguiente, el reloj fue encontrado en la caja del cuello del segundo oficial.

Este incidente causó gran asombro y mostró el lado humorístico de Arsène Lupin, ladrón, y también entusiasta. Combinaba los negocios con el placer. Nos recuerda al autor que casi muere en un ataque de risa provocado por su propia obra. Ciertamente, era un artista en su línea de trabajo particular, y cada vez que veía a Rozaine, sombrío y reservado, y pensaba en el doble papel que estaba representando, le concedía cierta admiración.

Al anochecer siguiente, el oficial de guardia en cubierta oyó gemidos procedentes del rincón más oscuro del barco. Se acercó y encontró a un hombre tumbado, con la cabeza envuelta en un grueso pañuelo gris y las manos atadas con una pesada cuerda. Era Rozaine. Le habían agredido, tirado al suelo y robado. Una tarjeta, prendida en su abrigo, llevaba estas palabras: "Arsène Lupin acepta con gusto los diez mil francos ofrecidos por Monsieur Rozaine". En realidad, la cartera robada contenía veinte mil francos.

Por supuesto, algunos acusaron al desafortunado hombre de haber simulado este ataque contra sí mismo. Pero, aparte de que no podía haberse atado a sí mismo de esa manera, se comprobó que la escritura de la tarjeta era totalmente distinta de la de Rozaine, sino que, por el contrario, se parecía a la letra de Arsène Lupin, tal como se reproducía en un viejo periódico encontrado a bordo.

De este modo, resultaba que Rozaine no era Arsène Lupin, sino que era Rozaine, el hijo de un comerciante de Burdeos. Y la presencia de Arsène Lupin fue afirmada una vez más, y de la manera más alarmante.

Tal era el estado de terror entre los pasajeros que ninguno se quedaba solo en un camarote ni se paseaba solo por zonas no frecuentadas del barco. Nos manteníamos unidos como una cuestión de seguridad. Y, sin embargo, los más íntimos conocidos estaban distanciados por un sentimiento mutuo de desconfianza. Arsène Lupin era, ahora, cualquiera y todos. Nuestra excitada imaginación le atribuía un poder milagroso e ilimitado. Le suponíamos capaz de asumir los más inesperados disfraces; de ser, por turnos, el respetabilísimo comandante Rawson o el noble marqués de Raverdan, o incluso -pues ya no nos deteníamos en la acusadora letra R- o incluso tal o cual persona bien conocida por todos nosotros, y con esposa, hijos y criados.

Los primeros despachos inalámbricos de América no trajeron noticias; al menos, el capitán no nos comunicó ninguna. El silencio no era tranquilizador.

Nuestro último día en el barco parecía interminable. Vivíamos con el temor constante de algún desastre. Esta vez no se trataría de un simple robo o de un asalto comparativamente inofensivo; sería un crimen, un asesinato. Nadie imaginaba que Arsène Lupin se limitaría a esas dos insignificantes ofensas. Dueño absoluto del barco, y las autoridades impotentes, podía hacer lo que se le antojara; nuestras propiedades y vidas estaban a su merced.

Sin embargo, esas horas fueron deliciosas para mí, ya que me aseguraron la confianza de la señorita Nelly. Profundamente conmovida por aquellos sorprendentes acontecimientos y, al ser ella de naturaleza muy nerviosa, buscó espontáneamente a mi lado una protección y seguridad que me complacía darle. En mi interior, bendije a Arsène Lupin. ¿No había sido él el medio de acercarnos a la señorita Nelly y a mí? Gracias a él, ahora podía permitirme deliciosos sueños de amor y felicidad... sueños que, en mi opinión, no eran inoportunos para la señorita Nelly. Sus ojos sonrientes me autorizaban a realizarlos; la suavidad de su voz me infundía esperanza.

A medida que nos acercábamos a la costa americana, la búsqueda activa del ladrón fue aparentemente abandonada, y esperábamos ansiosamente el momento supremo en el que se explicaría el misterioso enigma. ¿Quién era Arsène Lupin? ¿Bajo qué nombre, bajo qué disfraz se ocultaba el famoso Arsène Lupin? Y, por fin, llegó ese momento supremo. Si vivo cien años, no olvidaré el más mínimo detalle.

"¡Qué pálida está usted, señorita Nelly!", le dije a mi compañera, mientras se apoyaba en mi brazo, casi desmayada.

"¡Y usted!", respondió ella, "¡ah! está tan cambiada".

"Este es un momento muy emocionante, y estoy encantado de pasarlo con usted, señorita Nelly. Espero que en su memoria vuelva alguna vez..."

Pero ella no estaba escuchando. Estaba nerviosa y excitada. La pasarela fue colocada en posición, pero, antes de que pudiéramos usarla, los oficiales de aduana uniformados subieron a bordo. La señorita Nelly murmuró:

"No me sorprendería escuchar que Arsène Lupin se escapó del barco durante el viaje".

"Tal vez prefirió la muerte a la deshonra, y se zambulló en el Atlántico antes que ser arrestado".

"Oh, no se ría", dijo ella.

De repente me sobresalté y, en respuesta a su pregunta, dije:

"¿Ve a ese viejecito de pie al final de la pasarela?"

"¿Con un paraguas y un abrigo verde oliva?"

"Es Ganimard".

"¿Ganimard?"

"Sí, el célebre detective que ha jurado capturar a Arsène Lupin. ¡Ah! Ahora puedo entender por qué no recibimos ninguna noticia de este lado del Atlántico. ¡Ganimard estuvo aquí! y siempre mantiene sus asuntos en secreto".

"Entonces, ¿cree que arrestará a Arsène Lupin?"

"¿Quién puede saberlo? Lo inesperado siempre ocurre cuando Arsène Lupin está involucrado en el asunto".

"¡Oh!", exclamó ella, con esa curiosidad morbosa propia de las mujeres, "me gustaría verlo arrestado".

"Tendrá que ser paciente. Sin duda, Arsène Lupin ya ha visto a su enemigo y no tendrá prisa por abandonar el barco".

Los pasajeros salían ahora del barco. Apoyado en su paraguas, con un aire de descuidada indiferencia, Ganimard parecía no prestar atención a la multitud que se apresuraba a bajar por la pasarela. El marqués de Raverdan, el comandante Rawson, el italiano Rivolta y muchos otros habían abandonado ya el barco antes de que apareciera Rozaine. ¡Pobre Rozaine!

"Quizá sea él, después de todo", me dijo la señorita Nelly. "¿Qué piensa usted?"

"Creo que sería muy interesante tener a Ganimard y a Rozaine en la misma foto. Coge tú la cámara. Yo estoy cargado".

Le di la cámara, pero demasiado tarde para que la utilizara. Rozaine ya estaba pasando con el detective. Un oficial americano, de pie detrás de Ganimard, se inclinó hacia delante y le susurró al oído. El detective francés se encogió de hombros y Rozaine siguió adelante. Entonces, Dios mío, ¿quién era Arsène Lupin?

"Sí", dijo la señorita Nelly, en voz alta, "¿quién puede ser?".

No quedaban más de veinte personas a bordo. Las examinó una por una, temiendo que Arsène Lupin no estuviera entre ellas.

"No podemos esperar mucho más", le dije.

Se dirigió hacia la pasarela. Yo la seguí. Pero no habíamos dado ni diez pasos cuando Ganimard nos impidió el paso.

"Bueno, ¿qué pasa?" exclamé.

"Un momento, *Monsieur*. ¿Qué prisa tiene?"

"Estoy acompañando a *madeimoselle*".

"Un momento", repitió, en un tono de autoridad. Luego, mirándome a los ojos, dijo:

"Arsène Lupin, ¿no es así?"

Me reí y respondí: "No, simplemente Bernard d'Andrézy".

"Bernard d'Andrézy murió en Macedonia hace tres años".

"Si Bernard d'Andrézy estuviera muerto, yo no estaría aquí. Pero se equivoca. Aquí están mis papeles".

"Son suyos; y puedo decirle exactamente cómo llegaron a su posesión".

"¡Es usted un tonto!" exclamé. "Arsène Lupin navegó bajo el nombre de R..."

"Sí, otro de tus trucos; un falso olor que los engañó en Havre. Juegas bien, muchacho, pero esta vez la suerte está en tu contra".

Dudé un momento. Entonces me dio un fuerte golpe en el brazo derecho, que me hizo soltar un grito de dolor. Me había golpeado en la herida, aún no cicatrizada, a la que se refería el telegrama.

Me vi obligado a rendirme. No había otra alternativa. Me volví hacia la señorita Nelly, que lo había oído todo. Nuestras miradas se cruzaron; entonces ella miró la cámara que yo había puesto en sus manos, e hizo un gesto que me transmitió la impresión de que lo entendía todo. Sí, allí, entre los estrechos pliegues de cuero negro, en el centro hueco del pequeño objeto que yo había tenido la precaución de poner en sus manos antes de que Ganimard me detuviera, era donde había depositado los veinte mil francos de Rozaine y las perlas y diamantes de *Lady* Jerland.

¡Oh! Juro que, en aquel momento solemne, cuando estaba en manos de Ganimard y de sus dos ayudantes, me era perfectamente indiferente todo, mi detención, la hostilidad de la gente, todo excepto esta cuestión: ¿qué hará la señorita Nelly con las cosas que le había confiado?

A falta de esa prueba material y concluyente, no tenía nada que temer; pero ¿se decidiría la señorita Nelly a aportar esa prueba? ¿Me traicionaría? ¿Actuaría como una enemiga que no puede perdonar, o como una mujer cuyo desprecio se ve suavizado por sentimientos de indulgencia y simpatía involuntaria?

Pasó delante de mí. No dije nada, pero me incliné muy bajo. Mezclada con los demás pasajeros, avanzó hacia la pasarela con mi cámara en la mano. Se me ocurrió que no se atrevería a exponerme públicamente, pero que podría hacerlo cuando llegara a un lugar más privado. Sin embargo, cuando había pasado sólo unos metros por la pasarela, con un movimiento de simulada torpeza, dejó caer la cámara al agua entre el barco y el muelle. Luego bajó por la pasarela y se perdió rápidamente de vista entre la multitud. Había salido de mi vida para siempre.

Por un momento, me quedé inmóvil. Luego, para gran asombro de Ganimard, murmuré:

"¡Qué lástima que no sea un hombre honesto!"

Tal fue la historia de su arresto, tal como me la narró el propio Arsène Lupin. Los diversos incidentes, que consignaré por escrito más adelante, han establecido entre nosotros ciertos lazos, debo decir, ¿de amistad? Sí, me atrevo a creer que Arsène Lupin me honra con su amistad, y que es a través de la amistad que de vez en cuando me llama y atrae en el silencio de mi biblioteca, su exuberancia juvenil, el contagio de su entusiasmo, y la alegría de un hombre para quien el destino no tiene más que favores y sonrisas.

¿Su retrato? ¿Cómo puedo describirlo? Le he visto veinte veces y cada vez era una persona diferente; incluso él mismo me dijo en una ocasión: "Ya no sé quién soy. No me reconozco en el espejo". Ciertamente, era un gran actor y poseía una maravillosa facultad para disfrazarse. Sin el menor esfuerzo, podía adoptar la voz, los gestos y los ademanes de otra persona.

"¿Por qué?", dijo, "¿por qué debo conservar una forma y un rasgo definidos? ¿Por qué no evitar el peligro de una personalidad siempre igual? Mis acciones servirán para identificarme".

Luego añadió, con un toque de orgullo:

"Tanto mejor si nadie puede decir nunca con absoluta certeza: ¡Allí está Arsène Lupin! Lo esencial es que el público pueda referirse a mi obra y decir, sin temor a equivocarse: ¡Arsène Lupin hizo eso!".

II.   Arsène Lupin en la cárcel

No hay turista digno de ese nombre que no conozca las orillas del Sena y no se haya fijado en el pequeño castillo feudal de los Malaquis, construido sobre una roca en el centro del río. Un puente arqueado lo conecta con la orilla. A su alrededor, las tranquilas aguas del gran río juegan pacíficamente entre los juncos, y las lavanderas revolotean sobre las húmedas crestas de las piedras.

La historia del castillo de Malaquis es tormentosa como su nombre, dura como sus contornos. Ha pasado por una larga serie de combates, asedios, ataques, rapiñas y masacres. El recuento de los crímenes que se han cometido en él haría temblar el corazón más robusto. Hay muchas leyendas misteriosas relacionadas con el castillo, y ellas nos hablan de un famoso túnel que antiguamente conducía a la abadía de Jumieges y a la mansión de Agnes Sorel, amante de Carlos VII.

En esta antigua morada de héroes y bandidos, vivía ahora el barón Nathan Cahorn, o el barón Satán, como se le llamaba antes en la Bolsa, donde había adquirido una fortuna con increíble rapidez. Los señores de Malaquis, absolutamente arruinados, se habían visto obligados a vender el antiguo castillo con gran sacrificio. Contenía una admirable colección de muebles, cuadros, tallas de madera y loza. El barón vivía allí solo, atendido por tres viejos sirvientes. Nadie entraba nunca en el lugar. Nadie había contemplado nunca los tres Rubens que poseía, sus dos Watteau, su púlpito de Jean Goujon y los muchos otros tesoros que había adquirido mediante un enorme gasto de dinero en ventas públicas.

El barón Satanás vivía en constante temor, no por sí mismo, sino por los tesoros que había acumulado con tan ferviente devoción y con tanta perspicacia que el más sagaz comerciante no podría decir que el barón se había equivocado alguna vez en su gusto o en su juicio. Amaba sus bibelots, intensamente, como un avaro; celosamente, como un amante. Todos los días, al atardecer, las puertas de hierro situadas a ambos lados del puente y a la entrada del patio de honor se cierran y enrejan. Al menor toque en estas puertas, suenan campanas eléctricas en todo el castillo.

Un jueves de septiembre, un cartero se presentó en la puerta de la cabecera del puente y, como de costumbre, fue el propio barón quien abrió parcialmente el pesado portal. Lo examinó tan minuciosamente como si fuera un extraño, aunque el rostro honesto y los ojos parpadeantes del cartero le eran familiares al Barón desde hacía muchos años. El hombre se rio, mientras decía:

"Sólo soy yo, Monsieur *le* Barón. No es otro hombre el que lleva mi gorra y mi blusa".

"Uno nunca puede saberlo", murmuró el Barón.

El hombre le entregó varios periódicos, y luego dijo:

"Y ahora, *Monsieur le* Barón, aquí hay algo nuevo".

"¿Algo nuevo?"

"Sí, una carta. Una carta certificada".

Viviendo como un recluso, sin amigos ni relaciones comerciales, el barón nunca recibía cartas, y la que ahora se le presentaba despertó inmediatamente en su interior un sentimiento de sospecha y desconfianza. Era como un mal presagio. ¿Quién era ese misterioso corresponsal que se atrevía a perturbar la tranquilidad de su retiro?

"Debe firmar, Monsieur *le* Barón".

Firmó; luego tomó la carta, esperó a que el cartero desapareciera más allá del recodo de la carretera y, tras caminar nerviosamente de un lado a otro durante unos minutos, se apoyó en el parapeto del puente y abrió el sobre. Contenía una hoja de papel con este encabezamiento: Prison de la Santé, París. Miró la firma: Arsène Lupin. Luego leyó:

"*Monsieur le Barón:*

"*Hay, en la galería de su castillo, un cuadro de Philippe de Champaigne, de exquisito acabado, que me agrada de sobremanera. Sus Rubens también son de mi gusto, así como su más pequeño Watteau. En el salón de la derecha, me he fijado en la mesa de cadencia Luis XIII, en los tapices de Beauvais, en el gueridón Imperio firmado "Jacob" y en la cómoda renacentista. En el salón de la izquierda, todo el gabinete lleno de joyas y miniaturas.*

"Por el momento, me contentaré con aquellos artículos que puedan ser conve-nientemente retirados. Por lo tanto, le ruego que los empaque cuidadosamente y me los envíe, con los gastos pagados, a la estación de Batignolles, en un plazo de ocho días; de lo contrario, me veré obligado a retirarlos yo mismo durante la noche del 27 de septiembre; pero, en esas circunstancias, no me contentaré con los artículos antes mencionados.

"Acepte mis disculpas por cualquier inconveniente que pueda causarle, y créame su humilde servidor,

"Arsène Lupin."

"P.D. Por favor, no envíe el Watteau más grande. Aunque usted pagó treinta mil francos por él, no es más que una copia, ya que el original fue quemado, bajo el Directorio de Barras, durante una noche de desenfreno. Consulte las memorias de Garat.

"No me interesa la chatelaine de Luis XV, pues dudo de su autenticidad".

Aquella carta disgustó por completo al barón. Si hubiera llevado cualquier otra firma, se habría alarmado mucho, pero ¡firmada por Arsène Lupin!

Como lector habitual de los periódicos, estaba versado en la historia de los críme-nes recientes y, por tanto, conocía bien las hazañas del misterioso ladrón. Por su-puesto, sabía que Lupin había sido arrestado en América por su enemigo Ganimard y que actualmente estaba encarcelado en la Prisión de la Santé. Pero también sabía que de Arsène Lupin podía esperarse cualquier milagro. Además, ese conocimiento exacto del castillo, la ubicación de los cuadros y los muebles, daba al asunto un aspecto alarmante. ¿Cómo podía haber adquirido esa información sobre cosas que nadie había visto nunca?

El barón levantó los ojos y contempló los severos contornos del castillo, su escarpado pedestal rocoso, la profundidad del agua circundante, y se encogió de hombros. Ciertamente, no había peligro. Nadie en el mundo podría forzar la entrada al santuario que contenía sus inestimables tesoros.

Nadie, quizás, excepto Arsène Lupin. Para él, las puertas, los muros y los puentes levadizos no existían. ¿De qué servían los más formidables obstáculos o las más cuidadosas precauciones, si Arsène Lupin había decidido efectuar una entrada?

Aquella noche escribió al procurador de la República en Rouen. Adjuntó la carta de amenaza y solicitó ayuda y protección.

La respuesta fue inmediata: Arsène Lupin estaba detenido en la Prisión de la Santé, bajo estrecha vigilancia, sin posibilidad de escribir esa carta, que sin duda era obra de algún impostor. Pero, por precaución, el procurador había sometido la carta a un perito calígrafo, que declaró que, a pesar de ciertos parecidos, la letra no era la de la presa.

Pero las palabras "a pesar de ciertos parecidos" llamaron la atención del barón; en ellas leyó la posibilidad de una duda que le pareció suficiente para justificar la intervención de la justicia. Sus temores aumentaron. Leyó una y otra vez la carta de Lupin. "Me veré obligado a retirarlos yo mismo". Y luego estaba la fecha fijada: la noche del 27 de septiembre.

Confiar en sus sirvientes era un procedimiento que repugnaba a su naturaleza; pero ahora, por primera vez en muchos años, experimentaba la necesidad de pedir consejo a alguien. Abandonado por el funcionario legal de su propio distrito, y sintiéndose incapaz de defenderse con sus propios recursos, estuvo a punto de ir a París para contratar los servicios de un detective.

Pasaron dos días; al tercer día, se llenó de esperanza y alegría al leer la siguiente noticia en el "Reveil de Caudebec", un periódico publicado en una ciudad vecina:

"Tenemos el placer de recibir en nuestra ciudad, en estos momentos, al veterano detective Monsieur Ganimard, que adquirió una reputación mundial por su inteligente captura de Arsène Lupin. Ha venido aquí para descansar y recrearse y, como es un pescador entusiasta, amenaza con capturar todos los peces de nuestro río."

¡Ganimard! ¡Ah, aquí está la ayuda deseada por el Barón Cahorn! ¿Quién podría desbaratar los planes de Arsène Lupin mejor que Ganimard, el paciente y astuto detective? Era el hombre adecuado para el lugar.

El barón no dudó. La ciudad de Caudebec estaba a sólo seis kilómetros del castillo, una distancia corta para un hombre cuyo paso se aceleraba por la esperanza de seguridad.

Tras varios intentos infructuosos de averiguar la dirección del detective, el barón visitó la oficina del "Reveil", situada en el muelle. Allí encontró al autor del artículo que, acercándose a la ventana, exclamó:

"¿Ganimard? Seguro que lo ve en algún lugar del muelle con su caña de pescar. Me lo encontré allí y por casualidad leí su nombre grabado en su caña. Ah, ahí está ahora, bajo los árboles".

"¿Ese hombrecito, con sombrero de paja?"

"Exactamente. Es un tipo rudo, con poco que decir".

Cinco minutos después, el barón se acercó al célebre Ganimard, se presentó y trató de iniciar una conversación, pero fue un fracaso. Entonces abordó el verdadero objeto de su entrevista y expuso brevemente su caso. El otro escuchó, inmóvil, con la atención puesta en su caña de pescar. Cuando el barón terminó su relato, el pescador se volvió, con un aire de profunda piedad, y dijo:

"Monsieur, no es costumbre que los ladrones avisen a la gente que van a robar. Arsène Lupin, especialmente, no cometería semejante locura".

"Pero..."

"Monsieur, si tuviera la menor duda, créame, el placer de volver a capturar a Arsène Lupin me pondría a su disposición. Pero, por desgracia, ese joven ya está bajo llave".

"Puede haber escapado".

"Nadie se ha escapado nunca de la Santé".

"Pero, él..."

"Él, no más que cualquier otro".

"Sin embargo..."

"Bueno, si se escapa, mejor. Lo atraparé de nuevo. Mientras tanto, vaya casa y duerma bien. Eso será suficiente por el momento. Asusta a los peces".

La conversación terminó. El barón regresó al castillo, tranquilizado hasta cierto punto por la indiferencia de Ganimard. Examinó los cerrojos, observó a los sirvientes y, durante las siguientes cuarenta y ocho horas, casi se convenció de que sus temores eran infundados. Ciertamente, como había dicho Ganimard, los ladrones no avisan a las personas que van a robar.

El día fatídico estaba cerca. Era ya el veintiséis de septiembre y no había ocurrido nada. Pero a las tres sonó el timbre. Un chico trajo este telegrama:

"No hay mercancías en la estación de Batignolles. Prepare todo para mañana por la noche. Arsène".

Este telegrama puso al barón en tal estado de excitación que incluso consideró la conveniencia de ceder a las exigencias de Lupin.

Sin embargo, se apresuró a ir a Caudebec. Ganimard estaba pescando en el mismo lugar, sentado en un taburete. Sin mediar palabra, le entregó el telegrama.

"¿Y qué pasa con él?", dijo el detective.

"¿Y qué? Pero si es mañana".

"¿Qué es mañana?"

"¡El robo! El saqueo de mis colecciones".

Ganimard dejó su caña de pescar, se volvió hacia el barón y exclamó, en tono de impaciencia:

"¡Ah! ¡Cree usted que voy a molestarme por una historia tan tonta como esa!"

"¿Cuánto pide por pasar la noche de mañana en el castillo?"

"Ni un céntimo. Ahora, déjeme en paz".

"Diga su precio. Soy rico y puedo pagarlo".

Esta oferta desconcertó a Ganimard, que respondió, con calma:

"Estoy aquí de vacaciones. No tengo derecho a emprender ese trabajo".

"Nadie lo sabrá. Prometo mantener el secreto".

"¡Oh! No pasará nada".

"¡Vamos! Tres mil francos. ¿Será suficiente?"

El detective, después de un momento de reflexión, dijo:

"Muy bien. Pero debo advertirle que está tirando su dinero por la ventana".

"No me importa".

"En ese caso... pero, después de todo, ¡qué sabemos de ese diablo de Lupin! Puede tener una banda bastante numerosa de ladrones con él. ¿Está usted seguro de sus sirvientes?"

"Mi fe..."

"Mejor no contar con ellos. Telegrafiaré para que dos de mis hombres me ayuden. Y ahora, ¡vamos! Es mejor que no nos vean juntos. Mañana por la noche sobre las nueve".

* * *

Al día siguiente, en la fecha fijada por Arsène Lupin, el barón Cahorn dispuso toda su panoplia de guerra, acicaló las armas y, como un centinela, se paseó de un lado a otro frente al castillo. No vio ni oyó nada. A las ocho y media de la noche, despidió a sus sirvientes. Ocupaban habitaciones en un ala del edificio, en un lugar retirado, bien alejado de la parte principal del castillo. Poco después, el barón oyó el sonido de unos pasos que se acercaban. Eran Ganimard y sus dos ayudantes, tipos grandes y poderosos, con manos inmensas y cuellos de toro. Tras hacer algunas preguntas sobre la ubicación de las distintas entradas y habitaciones, Ganimard cerró cuidadosamente y atrincheró todas las puertas y ventanas por las que se podía acceder a las habitaciones amenazadas. Inspeccionó las paredes, levantó los tapices y, finalmente, instaló a sus ayudantes en la galería central, situada entre los dos salones.

"¡No es una tontería! No estamos aquí para dormir. Al menor ruido, abran las ventanas del patio y llámenme. Presten atención también al lado del agua. Diez metros de roca perpendicular no son un obstáculo para esos demonios".

Ganimard encerró a sus ayudantes en la galería, se llevó las llaves y dijo al barón:

"Y ahora, a nuestro puesto".

Había elegido para sí una pequeña habitación situada en el grueso muro exterior, entre las dos puertas principales, y que, en años anteriores, había sido el cuarto del vigilante. Una mirilla daba al puente; otra al patio. En una esquina, había una abertura hacia un túnel.

"Creo que me ha dicho, *Monsieur le* Barón, que este túnel es la única entrada subterránea al castillo y que ha estado cerrado desde hace tiempo".

"Sí."

"Entonces, a menos que haya alguna otra entrada, conocida sólo por Arsène Lupin, estamos bastante seguros".

Colocó tres sillas juntas, se estiró sobre ellas, encendió su pipa y suspiró:

"Realmente, *Monsieur le* Barón, me siento avergonzado de aceptar su dinero por una sinecura como ésta. Le contaré la historia a mi amigo Lupin. Se divertirá muchísimo".

El barón no se rio. Escuchaba ansiosamente, pero no oía nada más que el latido de su propio corazón. De vez en cuando, se inclinaba sobre el túnel y echaba una mirada temerosa a sus profundidades. Oyó que el reloj daba las once, las doce, la una.

De repente, agarró el brazo de Ganimard. Éste se levantó de un salto, despertado de su sueño.

"¿Oye?", preguntó el barón, en un susurro.

"Sí".

"¿Qué pasa?"

"Supongo que estaba roncando".

"No, no, escuche".

"¡Ah! sí, es el claxon de un automóvil".

"¿Y bien?"

"¡Bueno! Es muy improbable que Lupin utilice un automóvil como un ariete para demoler su castillo. Vamos, *Monsieur le* Barón, vuelva a su puesto. Me voy a dormir. Buenas noches".

Esa fue la única alarma. Ganimard reanudó su interrumpido sueño, y el barón no oyó nada más que los regulares ronquidos de su compañero. Al amanecer, salieron de la habitación. El castillo estaba envuelto en una profunda calma; era un pacífico amanecer en el seno de un tranquilo río. Subieron la escalera, Cahorn radiante de alegría, Ganimard tranquilo como siempre. No oyeron ningún ruido; no vieron nada que despertara sospechas.

"¿Qué le dije, Monsieur le Barón? Realmente, no debería haber aceptado su oferta. Estoy avergonzado".

Desbloqueó la puerta y entró en la galería. En dos sillas, con las cabezas caídas y los brazos colgantes, los dos ayudantes del detective estaban dormidos.

"¡Por todos los cielos!", exclamó Ganimard. En el mismo momento, el barón gritó:

"¡Los cuadros! ¡La credencial!"

Tartamudeó, ahogado, con los brazos extendidos hacia los lugares vacíos, hacia las paredes denudadas donde no quedaban más que los clavos y las cuerdas inútiles. El Watteau, desaparecido. Los Rubens, arrastrados. Los tapices desmontados. ¡Los gabinetes, despojados de sus joyas!

"¡Y mis candelabros Luis XVI! ¡Y el candelabro Regente! ¡Y mi Virgen del siglo XII!"

Corrió de un lugar a otro con la más salvaje desesperación. Recordó el precio de compra de cada artículo, sumó las cifras, contó sus pérdidas, a toda prisa, con palabras confusas y frases inacabadas. Se desgañitó de rabia y gimió de dolor. Actuó como un hombre arruinado cuya única esperanza es el suicidio.

Si algo hubiera podido consolarle, habría sido la estupefacción mostrada por Ganimard. El famoso detective no se movió. Parecía estar petrificado; examinaba la habitación con desgana. Las ventanas: ¡estaban cerradas! Las cerraduras de las puertas: ¡intactas! Ni una rotura en el techo, ni un agujero en el suelo. Todo estaba en perfecto orden. El robo se había llevado a cabo metódicamente, según un plan lógico e inexorable.

"Arsène Lupin....Arsène Lupin", murmuró.

De repente, como movido por la ira, se abalanzó sobre sus dos ayudantes y los sacudió violentamente. No se despertaron.

"¡Al diablo!", gritó. "¿Es posible?"

Se inclinó sobre ellos y, a su vez, los examinó detenidamente. Estaban dormidos, pero su respuesta no era natural.

"Han sido drogados", dijo al barón.

"¿Por quién?"

"Por él, por supuesto, o por sus hombres bajo su discreción. Ese trabajo lleva su sello".

"En ese caso, estoy perdido... ¡no se puede hacer nada!".

"Nada", asintió Ganimard.

"Es espantoso, es monstruoso".

"Presente una queja".

"¿De qué servirá eso?"

"Oh, es bueno intentarlo. La ley tiene algunos recursos".

"¡La ley! ¡Bah! es inútil. Usted representa la ley, y, en este momento, cuando debería buscar una pista y tratar de descubrir algo, ni siquiera se mueve."

"¡Descubrir algo de Arsène Lupin! Mi querido *Monsieur*, Arsène Lupin nunca deja ninguna pista detrás de él. No deja nada al azar. A veces pienso que se puso en mi camino y simplemente me permitió arrestarlo en América".

"¡Entonces, ¿debo renunciar a mis cuadros? ¡Se ha llevado las joyas de mi colección! ¡Daría una fortuna por recuperarlas! Si no hay otra manera, que ponga su propio precio".

Ganimard miró al barón con atención, mientras decía:

"Ahora, eso es sensato. ¿Lo mantendrá?"

"Sí, sí. ¿Pero, por qué?"

"Una idea que tengo".

"¿Qué es?"

"Lo discutiremos más tarde... si el examen oficial no tiene éxito. Pero, ni una palabra sobre mí, si desea mi ayuda".

Añadió, entre dientes:

"Es cierto que no tengo nada que presumir en este asunto".

Los asistentes fueron recuperando poco a poco la conciencia con el aire desconcertado de las personas que salen de un sueño hipnótico. Abrieron los ojos y miraron a su alrededor con asombro. Ganimard les interrogó; no recordaban nada.

"¿Pero habréis visto a alguien?"

"No".

"¿No os acordáis?"

"No, no".

"¿Habéis bebido algo?"

Se lo pensaron un momento, y luego uno de ellos respondió:

"Sí, bebí un poco de agua".

"¿De esa jarra?"

"Sí".

"Yo también", declaró el otro.

Ganimard la olió y la probó. No tenía ningún sabor ni olor particular.

"Vamos", dijo, "estamos perdiendo el tiempo aquí. Uno no puede decidir un problema de Arsène Lupin en cinco minutos. Pero, ¡caramba! Juro que lo atraparé de nuevo".

El mismo día, una acusación de robo fue debidamente realizada por el Barón Cahorn contra Arsène Lupin, preso en la Prisión de la Santé.

* * *

El barón se arrepintió después de haber presentado la acusación contra Lupin cuando vio su castillo entregado a los agentes de policía, al procurador, al juez de instrucción, a los reporteros y fotógrafos de los periódicos y a una multitud de curiosos ociosos.

El asunto pronto se convirtió en un tema de discusión general, y el nombre de Arsène Lupin excitó la imaginación del público hasta tal punto que los periódicos llenaron sus columnas con las historias más fantásticas de sus hazañas, las cuales encontraron fácil credibilidad entre sus lectores.

Pero la carta de Arsène Lupin que se publicó en el "Echo de France" (nunca se supo cómo la obtuvo el periódico), esa carta en la que se advertía impúdicamente al barón Cahorn del robo que se avecinaba, causó un gran revuelo. Se propusieron las más fabulosas teorías. Algunos recordaron la existencia de los famosos túneles, y esa fue la línea de investigación que siguieron los agentes de la ley, que registraron la casa de arriba abajo, interrogaron cada piedra, estudiaron los arrimaderos y las chimeneas, los marcos de las ventanas y las vigas de los techos. A la luz de las antorchas, examinaron los inmensos sótanos donde los señores de Malaquis solían almacenar sus municiones y provisiones. Sondearon los cimientos rocosos hasta su mismo centro. Pero todo fue en vano. No descubrieron ningún rastro del túnel. No existía ningún pasaje secreto.

Pero el público ansioso declaró que los cuadros y los muebles no podían desaparecer como tantos fantasmas. Son cosas sustanciales, materiales, y requieren puertas y ventanas para sus salidas y sus entradas, y lo mismo ocurre con las personas que los retiran. ¿Quiénes eran esas personas? ¿Cómo accedieron al castillo? ¿Y cómo lo abandonaron?

Los policías de Ruán, convencidos de su propia impotencia, solicitaron la ayuda de la policía parisina. Monsieur Dudouis, jefe de la Sûreté, envió a los mejores detectives de la brigada de hierro. Él mismo pasó cuarenta y ocho horas en el castillo, pero no tuvo éxito. Entonces mandó llamar a Ganimard, cuyos servicios anteriores habían resultado tan útiles cuando todo lo demás fallaba.

Ganimard escuchó, en silencio, las instrucciones de su superior; luego, sacudiendo la cabeza, dijo:

"En mi opinión, es inútil saquear el castillo. La solución del problema está en otra parte".

"¿Dónde, entonces?"

"Con Arsène Lupin".

"¡Con Arsène Lupin! Para apoyar esa teoría, debemos admitir su intervención".

"Lo admito. De hecho, lo considero bastante seguro".

"Vamos, Ganimard, eso es absurdo. Arsène Lupin está en prisión".

"Admito que Arsène Lupin está en prisión, estrechamente vigilado; pero debe tener grilletes en los pies, grilletes en las muñecas y mordaza en la boca antes de que cambie mi opinión".

"¿Por qué tan obstinado, Ganimard?"

"Porque Arsène Lupin es el único hombre en Francia de suficiente calibre para inventar y llevar a cabo un plan de esa magnitud".

"Meras palabras, Ganimard".

"Pero verdaderas. ¡Mire! ¿Qué están haciendo? Buscando pasajes subterráneos, piedras que se balancean sobre pivotes, y otras tonterías de ese tipo. Pero Lupin no emplea métodos tan anticuados. Es un *cracksman* moderno, al día".

"¿Y cómo procedería usted?"

"Le pediría permiso para pasar una hora con él".

"¿En su celda?"

"Sí. Durante el viaje de vuelta de América nos hicimos muy amigos, y me aventuro a decir que si puede darme alguna información sin comprometerse no dudará en evitarme problemas inútiles."

Era poco después del mediodía cuando Ganimard entró en la celda de Arsène Lupin. Éste, que estaba tumbado en su cama, levantó la cabeza y lanzó un grito de aparente alegría.

"¡Ah! Esto es una verdadera sorpresa. Mi querido Ganimard, ¡aquí!"

"Ganimard en persona".

"En mi retiro elegido, he sentido el deseo de muchas cosas, pero mi mayor deseo era recibirte aquí".

"Muy amable tu su parte, estoy seguro".

"En absoluto. Sabes que te tengo en la más alta estima".

"Estoy orgulloso de ello".

"Siempre lo he dicho: Ganimard es nuestro mejor detective. Es casi, ¡ya ve lo sincero que soy!, casi tan inteligente como Herlock Sholmès. Pero lamento no poder ofrecerle nada mejor que este duro taburete. ¡Y no hay refrescos! ¡Ni siquiera un vaso de cerveza! Por supuesto, me disculparás, ya que estoy aquí sólo temporalmente".

Ganimard sonrió y aceptó el asiento ofrecido. Luego, el prisionero continuó:

"*Mon Dieu*, qué contento estoy de ver la cara de un hombre honesto. Estoy muy cansado de esos demonios de espías que vienen aquí diez veces al día a registrar mis bolsillos y mi celda para asegurarse de que no estoy preparando una fuga. El gobierno se muestra muy solícito por mí".

"Tienes razón".

"¿Por qué? Estaría muy contento si me dejaran vivir tranquilamente".

"Con el dinero de otros".

"Así es. Eso sería tan sencillo. Pero aquí, estoy bromeando, y tú estás, sin duda, apurado. Así que vayamos a los negocios, Ganimard. ¿A qué debo el honor de esta visita?

"El asunto Cahorn", declaró Ganimard, con franqueza.

"¡Ah! Espera un momento. Ya ves que he tenido muchos asuntos. En primer lugar, permíteme fijar en mi mente las circunstancias de este caso en particular... ¡Ah! Sí, ahora lo tengo. El asunto Cahorn, el castillo de Malaquis, Seine-Inférieure... Dos Rubens, un Watteau, y algunos artículos insignificantes."

"¡Tonterías!"

"¡Oh! *Ma foi*, todo eso es de poca importancia. Pero basta con saber que el asunto le interesa. ¿En qué puedo servirte, Ganimard?"

"¿Debo explicarle qué medidas han tomado las autoridades en el asunto?"

"No, en absoluto. He leído los periódicos y le diré francamente que han avanzado muy poco".

"Y esa es la razón por la que he venido a verle".

"Estoy a tu entera disposición".

"En primer lugar, ¿el asunto Cahorn fue gestionado por ti?"

"De la A a la Z".

"¿La carta de advertencia? ¿El telegrama?"

"Todo mío. Debería tener los recibos en alguna parte".

Arsène abrió el cajón de una mesita de madera blanca y lisa que, con la cama y el taburete, constituía todo el mobiliario de su celda, y sacó de allí dos trozos de papel que entregó a Ganimard.

"¡Ah!", exclamó el detective, sorprendido, "creía que te vigilaban y registraban estrechamente, y me encuentro con que lees los periódicos y coleccionas recibos postales".

"¡Bah! ¡Esta gente es tan estúpida! Abren el forro de mi chaleco, examinan las suelas de mis zapatos, hacen sonar las paredes de mi celda, pero nunca se imaginan que Arsène Lupin sería tan tonto como para elegir un escondite tan sencillo."

Ganimard se rio, mientras decía:

"¡Qué gracioso eres! Realmente, me desconciertas. Pero, vamos, cuéntame el asunto de Cahorn".

"¡Oh! ¡Oh! ¡No tan rápido! Tú me robarías todos mis secretos, expondrías todos mis pequeños trucos. Es un asunto muy serio".

"¿Me equivoqué al contar con tu complacencia?"

"No, Ganimard, y ya que insistes..."

Arsène Lupin se paseó por su celda dos o tres veces, y luego, deteniéndose ante Ganimard, preguntó:

"¿Qué piensas de mi carta al barón?"

"Creo que te estabas divirtiendo, jugabas a la galería".

"¡Ah! ¡Jugando a la galería! Vamos, Ganimard, pensé que me conocías mejor. ¿Acaso yo, Arsène Lupin, pierdo mi tiempo en tales puerilidades? ¿Habría escrito esa carta si hubiera podido robar al barón sin escribirle?

Quiero que entiendas que la carta era indispensable; fue el motor que puso en marcha toda la máquina. Ahora, discutamos juntos un plan para el robo del castillo de Malaquis. ¿Estás dispuesto?"

"Sí, procede".

"Bien, imaginemos un castillo cuidadosamente cerrado y atrincherado como el del barón Cahorn. ¿Debo abandonar mi plan y renunciar a los tesoros que codicio, con el pretexto de que el castillo que los guarda es inaccesible?"

"Evidentemente no".

"¿Debo asaltar el castillo al frente de una banda de aventureros como se hacía en la antigüedad?"

"Eso sería una tontería".

"¿Puedo entrar con sigilo o astucia?"

"Imposible".

"Entonces sólo me queda un camino. Debo hacer que el dueño del castillo me invite a él".

"Ese es seguramente un método original".

"¡Y qué fácil! Supongamos que un día el propietario recibe una carta advirtiéndole de que un notorio ladrón conocido como Arsène Lupin está tramando un robo. ¿Qué hará?"

"Enviar una carta al procurador".

"Que se reirá de él, porque dicho Arsène Lupin está realmente en la cárcel. Entonces, en su ansiedad y temor, el simple hombre pedirá la ayuda del primero que llegue, ¿no es así?"

"Es muy probable".

"Y si por casualidad lee en un periódico del país que un célebre detective está pasando sus vacaciones en una ciudad vecina..."

"Buscará a ese detective".

"Por supuesto. Pero, por otro lado, supongamos que, habiendo previsto ese estado de cosas, dicho Arsène Lupin ha pedido a uno de sus amigos que visite Caudebec, que conozca al editor del 'Réveil', un periódico al que el barón está suscrito, y que haga entender a dicho editor que esa persona es el célebre detective... entonces, ¿qué sucederá?"

"El editor anunciará en el 'Réveil' la presencia en Caudebec de dicho detective".

"Exactamente; y una de dos cosas sucederá: o el pez -me refiero a Cahorn- no picará, y no pasará nada; o, lo que es más probable, correrá y se tragará con avidez el cebo. Así, he aquí a mi barón Cahorn implorando la ayuda de uno de mis amigos contra mí".

"¡Original, ciertamente!"

"Por supuesto, el pseudo-detective al principio se niega a prestar cualquier ayuda. Además, llega el telegrama de Arsène Lupin. El barón, asustado, se apresura de nuevo a acudir a mi amigo y le ofrece una suma definitiva de dinero por sus servicios. Mi amigo acepta y convoca a dos miembros de nuestra banda, quienes, durante la noche, mientras Cahorn está bajo la mirada de su protector, retiran ciertos artículos por la ventana y los bajan con cuerdas a una bonita lancha fletada para la ocasión. Sencillo, ¿verdad?"

"¡Maravilloso! ¡Maravilloso!" exclamó Ganimard. "La audacia del plan y el ingenio de todos sus detalles están más allá de toda crítica. Pero, ¿quién es el detective cuyo nombre y fama sirvieron de imán para atraer al barón y hacerlo caer en su red?"

"Sólo hay un nombre que pudo hacerlo... sólo uno".

"¿Y cuál es?"

"El enemigo personal de Arsène Lupin... el ilustrísimo Ganimard".

"¿¡!?"

"Tú mismo, Ganimard. Y, realmente, es muy divertido. Si vas allí, y el barón se decide a hablar, verás que te tocará arrestarte a ti mismo, como me arrestaste a mí en América. ¡*Hein*! La venganza es realmente divertida: Hago que Ganimard arreste a Ganimard".

Arsène Lupin se rio con ganas. El detective, muy enfadado, se mordió los labios; para él la broma carecía de toda gracia. La llegada de un guardia de la prisión dio a Ganimard la oportunidad de recuperarse. El hombre trajo el almuerzo de Arsène Lupin, proporcionado por un restaurante vecino. Tras depositar la bandeja sobre la mesa, el guardia se retiró. Lupin partió su pan, comió unos bocados y continuó:

"Pero, tranquilo, mi querido Ganimard, no irás a Malaquis. Puedo decirte algo que te asombrará: el asunto Cahorn está a punto de resolverse".

"Perdona, acabo de ver al jefe de la Sureté".

"¿Qué pasa con eso? ¿Acaso Monsieur Dudouis conoce mis asuntos mejor que yo mismo? Sabrá que Ganimard... disculpe... que el pseudo-Ganimard sigue en muy buenos términos con el barón. Este último le ha autorizado a negociar conmigo una transacción muy delicada y, en este momento, en consideración a una cierta suma, es probable que el barón haya recuperado la posesión de sus cuadros y otros tesoros. Y a su regreso, retirará su denuncia. Así, ya no hay robo, y la ley debe abandonar el caso".

Ganimard miró al prisionero con aire desconcertado.

"¿Y cómo sabes todo eso?".

"Acabo de recibir el telegrama que esperaba".

"¿Acaba de recibir un telegrama?"

"En este mismo momento, mi querido amigo. Por cortesía, no quise leerlo en tu presencia. Pero si me permites..."

"Estás bromeando, Lupin".

"Mi querido amigo, si tienes la amabilidad de romper ese huevo, aprenderás por ti mismo que no estoy bromeando".

Ganimard obedeció mecánicamente y rompió la cáscara del huevo con la hoja de un cuchillo. Lanzó un grito de sorpresa. La cáscara no contenía más que un pequeño trozo de papel azul. A petición de Arsène, lo desdobló. Era un telegrama, o más bien una parte de un telegrama al que le habían quitado los matasellos. Decía lo siguiente:

"Contrato cerrado. Cien mil bolas entregadas. Todo bien".

"¿Cien mil bolas?", dijo Ganimard.

"Sí, cien mil francos. Muy poco, pero, ya sabes, son tiempos difíciles... Y tengo algunas facturas pesadas que pagar. Si supieras mi presupuesto... vivir en la ciudad es muy alto".

Ganimard se levantó. Su mal humor había desaparecido. Reflexionó un momento, echando un vistazo a todo el asunto en un esfuerzo por descubrir un punto débil; luego, en un tono y una forma que delataban su admiración por el prisionero, dijo:

"Afortunadamente, no tenemos que lidiar con una docena como tu; si así fuera, tendríamos que cerrar el negocio".

Arsène Lupin adoptó un aire modesto, mientras respondía:

"¡Bah! una persona debe tener alguna diversión para ocupar sus horas de ocio, especialmente cuando está en la cárcel".

"¡Qué!", exclamó Ganimard, "el juicio, la defensa, el interrogatorio... ¿no es suficiente para ocupar tu mente?"

"No, porque he decidido no estar presente en mi juicio".

"¡Oh! ¡Oh!"

Repitió Arsène Lupin, positivamente:

"No estaré presente en mi juicio".

"¡De verdad!"

"¡Ah! mi querido *Monsieur*, ¿supones que voy a pudrirme sobre la paja mojada? Me insultas. Arsène Lupin permanecerá en prisión el tiempo que le plazca, y ni un minuto más".

"Tal vez hubiera sido más prudente que evitaras llegar allí", dijo el detective, irónicamente.

"¡Ah! ¿*Monsieur* bromea? *Monsieur* debe recordar que tuvo el honor de efectuar mi arresto. Sepa entonces, mi digno amigo, que nadie, ni siquiera usted, podría haberme puesto la mano encima si un acontecimiento mucho más importante no hubiera ocupado mi atención en ese momento crítico."

"Me asombras".

"Una mujer me miraba, Ganimard, y yo la amaba. ¿Comprendes bien lo que significa eso: estar bajo la mirada de una mujer que uno ama? No me importaba nada en el mundo más que eso. Y por eso estoy aquí".

"Permíteme decir: llevas mucho tiempo aquí".

"En primer lugar, deseaba olvidar. No te rías; fue una aventura deliciosa y todavía es un recuerdo tierno. Además, he estado sufriendo de neurastenia. La vida es tan febril en estos días que es necesario tomar la "cura de descanso" de vez en cuando, y este lugar me parece un remedio soberano para mis nervios cansados."

"Arsène Lupin, no eres un mal tipo, después de todo".

"Gracias", dijo Lupin. "Ganimard, hoy es viernes. El próximo miércoles, a las cuatro de la tarde, fumaré mi cigarro en tu casa de la calle Pergolese".

"Arsène Lupin, te espero".

Se estrecharon la mano como dos viejos amigos que se valoraban en su justa medida; entonces el detective se dirigió a la puerta.

"¡Ganimard!"

"¿Qué pasa?", preguntó Ganimard, al volverse.

"Has olvidado tu reloj".

"¿Mi reloj?"

"Sí, se me ha extraviado en el bolsillo".

Le devolvió el reloj y se excusó.

"Perdóname... una mala costumbre. Que me hayan quitado el mío no es razón para que yo tome el tuyo. Además, tengo aquí un cronómetro que me satisface bastante bien".

Sacó del cajón un gran reloj de oro y una pesada cadena.

"¿De qué bolsillo salió eso?", preguntó Ganimard.

Arsène Lupin echó un vistazo apresurado a las iniciales grabadas en el reloj.

"J.B. ¿Quién diablos puede ser? ¡Ah! sí, lo recuerdo. Jules Bouvier, el juez que dirigió mi examen. ¡Un tipo encantador!"

III. La fuga de Arsène Lupin

Arsène Lupin acababa de terminar su comida y había sacado del bolsillo un excelente puro, con vitola de oro, que examinaba con inusitado cuidado, cuando se abrió la puerta de su celda. Apenas tuvo tiempo de tirar el puro en el cajón y alejarse de la mesa. El guardia entró. Era la hora del ejercicio.

"Te estaba esperando, querido muchacho", exclamó Lupin, con su acostumbrado buen humor.

Salieron juntos. En cuanto desaparecieron en un recodo del pasillo, dos hombres entraron en la celda y comenzaron a examinarla minuciosamente. Uno era el inspector Dieuzy; el otro, el inspector Folenfant. Querían verificar su sospecha de que Arsène Lupin estaba en comunicación con sus cómplices fuera de la prisión. La noche anterior, el "Grand Journal" había publicado estas líneas dirigidas a su cronista judicial:

> *"Señor:*
>
> *"En un artículo reciente usted se refirió a mí en los términos más injustificables. Algunos días antes de la apertura de mi juicio le pediré cuentas.*
>
> *Arsène Lupin".*

La letra era ciertamente la de Arsène Lupin. En consecuencia, envió cartas; y, sin duda, recibió cartas. Era seguro que se estaba preparando para esa fuga tan arrogantemente anunciada por él.

La situación se había vuelto intolerable. Actuando juntamente con el juez de instrucción, el jefe de la Sûreté, Monsieur Dudouis, visitó la prisión e instruyó al carcelero sobre las precauciones necesarias para garantizar la seguridad de Lupin. Al mismo tiempo, envió a los dos hombres a examinar la celda del prisionero.

Levantaron todas las piedras, saquearon la cama, hicieron todo lo que se acostumbra en un caso así, pero no descubrieron nada, y estaban a punto de abandonar su investigación cuando el guardia entró apresuradamente y dijo:

"El cajón.... mira en el cajón de la mesa. Cuando he entrado hace un momento lo estaba cerrando".

Abrieron el cajón y Dieuzy exclamó:

"¡Ah! Esta vez lo tenemos".

Folenfant le detuvo.

"Espera un momento. El jefe querrá hacer un inventario".

"Este es un cigarro muy selecto".

"Déjalo ahí y avisa al jefe".

Dos minutos después, Monsieur Dudouis examinó el contenido del cajón. Primero descubrió un fajo de recortes de periódicos relacionados con Arsène Lupin tomados del "Argus de la Presse", luego una caja de tabaco, una pipa, un papel llamado "piel de cebolla" y dos libros. Leyó los títulos de los libros. Uno era una edición inglesa de "Hero-worship" de Carlyle; el otro era un encantador Elzevir, en encuadernación moderna, el "Manual de Epicteto", una traducción alemana publicada en Leyden en 1634. Al examinar los libros, descubrió que todas las páginas estaban subrayadas y anotadas. ¿Estaban preparados como un código para la correspondencia, o simplemente expresaban el carácter estudioso del lector? Luego examinó la caja de tabaco y la pipa. Por último, cogió el famoso puro con su vitola de oro.

"¡Fichtre!", exclamó. "Nuestro amigo fuma un buen puro. Es un Henry Clay".

Con la acción mecánica de un fumador habitual, se acercó el cigarro a la oreja y lo apretó para hacerlo crujir. Inmediatamente lanzó un grito de sorpresa. El cigarro había cedido bajo la presión de sus dedos. Lo examinó más de cerca y rápidamente descubrió algo blanco entre las hojas de tabaco. Delicadamente, con la ayuda de un alfiler, sacó un rollo de papel muy fino, apenas más grande que un palillo. Era una carta. La desenrolló y encontró estas palabras, escritas con letra femenina:

"La cesta ha ocupado el lugar de las otras. Ocho de los diez están listos. Al presionar el pie exterior, la placa desciende. De doce a dieciséis cada día, H-P esperará. ¿Pero dónde? Responde de inmediato. Descansa tranquilo; tu amigo te cuida".

Monsieur Dudouis reflexionó un momento y luego dijo:

"Está muy claro... la cesta... los ocho compartimentos... De doce a dieciséis significa de doce a cuatro".

"Pero esta H-P, ¿va a esperar?"

"H-P debe significar automóvil. H-P, caballos de fuerza, es la forma en que indican la fuerza del motor. Un veinticuatro H-P es un automóvil de veinticuatro caballos".

Luego se levantó y preguntó:

"¿Ha terminado el prisionero su desayuno?"

"Sí."

"Y como aún no ha leído el mensaje, lo que se demuestra por el estado del cigarro, es probable que lo acabara de recibir".

"¿Cómo?"

"En su comida. Oculto en su pan o en una patata, quizás".

"Imposible. Se permitió traer su comida simplemente para atraparlo, pero nunca hemos encontrado nada en ella".

"Buscaremos la respuesta de Lupin esta noche. Deténganlo afuera por unos minutos. Llevaré esto al juez de instrucción y, si está de acuerdo conmigo, haremos que la carta sea fotografiada de inmediato, y en una hora podrá volver a colocar la carta en el cajón en un puro similar a éste. El prisionero no debe tener ningún motivo de sospecha".

No fue sin cierta curiosidad que Monsieur Dudouis volvió a la prisión por la noche, acompañado por el inspector Dieuzy. Tres platos vacíos estaban sobre la estufa del rincón.

"¿Ha comido?"

"Sí", respondió el guardia.

"Dieuzy, por favor, corta esos macarrones en trozos muy pequeños, y abre ese panecillo.... ¿Nada?"

"No, jefe".

Monsieur Dudouis examinó los platos, el tenedor, la cuchara y el cuchillo, un cuchillo corriente de hoja redondeada. Giró el mango hacia la izquierda y luego hacia la derecha. Cedió y se desenroscó. El cuchillo era hueco y servía para esconder una hoja de papel.

"¡Peuh!", dijo, "eso no es muy inteligente para un hombre como Arsène. Pero no debemos perder tiempo. Tú, Dieuzy, ve a registrar el restaurante".

Luego leyó la nota:

"Confío en ti, H-P te seguirá a distancia todos los días. Yo me adelantaré. Au revoir, querido amigo".

"Por fin", gritó Monsieur Dudouis, frotándose las manos alegremente, "creo que tenemos el asunto en nuestras manos. Un poco de estrategia por nuestra parte, y la fuga será un éxito en lo que respecta a la detención de sus cómplices."

"¿Pero si Arsène Lupin se les escapa de las manos?", sugirió el guardia.

"Tendremos un número suficiente de hombres para evitarlo. Sin embargo, si muestra demasiada astucia, ma foi, ¡mucho peor para él! En cuanto a su banda de ladrones, ya que el jefe se niega a hablar, los demás deben hacerlo".

* * *

Y, de hecho, Arsène Lupin tenía muy poco que decir. Durante varios meses, Monsieur Jules Bouvier, el juez de instrucción se había esforzado en vano. La investigación se había reducido a unas cuantas discusiones sin interés entre el juez y el abogado, Maître Danval, uno de los líderes del colegio de abogados. De vez en cuando, por cortesía, Arsène Lupin tomaba la palabra. Un día dijo:

"Sí, señor juez, estoy muy de acuerdo con usted: el robo del Crédit Lyonnais, el robo en la calle de Babylone, la emisión de los billetes falsos, los robos en los distintos châteaux, Armesnil, Gouret, Imblevain, Groseillers, Malaquis, todo mi trabajo, señor, lo hice todo".

"Entonces me explicará..."

"Es inútil. Confieso todo en un bulto, todo e incluso diez veces más que usted no sabe nada".

Cansado de su infructuosa tarea, el juez había suspendido sus interrogatorios, pero los reanudó después de que los dos mensajes interceptados fueran puestos en su conocimiento; y regularmente, al mediodía, Arsène Lupin fue llevado de la prisión al

Dépôt en la furgoneta de la prisión con un cierto número de otros prisioneros. Regresaban hacia las tres o las cuatro.

Una tarde, este viaje de vuelta se hizo en condiciones inusuales. Al no haber examinado a los demás prisioneros, se decidió llevar primero a Arsène Lupin, que se encontró solo en el vehículo.

Estos furgones, vulgarmente llamados "panniers à salade", están divididos longitudinalmente por un pasillo central desde el que se abren diez compartimentos, cinco a cada lado. Cada compartimento está dispuesto de tal manera que el ocupante debe adoptar y mantener una postura sentada y, en consecuencia, los cinco prisioneros están sentados uno sobre otro, pero separados entre sí por tabiques. Un guardia municipal, de pie en un extremo, vigila el pasillo.

Arsène se colocó en la tercera celda de la derecha, y el pesado vehículo se puso en marcha. Calculó cuidadosamente cuándo salían del quai de l'Horloge, y cuándo pasaban por el Palacio de Justicia. Entonces, hacia el centro del puente Saint Michel, con su pie exterior, es decir, el derecho, presionó la placa metálica que cerraba su celda. Inmediatamente, algo chasqueó y la placa metálica se movió. Pudo comprobar que se encontraba entre las dos ruedas.

Esperó, vigilando atentamente. El vehículo avanzaba lentamente por el bulevar Saint Michel. En la esquina de Saint Germain se detuvo. Un caballo de camión se había caído. Como el tráfico se había interrumpido, se había reunido allí una gran multitud de coches y buses. Arsène Lupin se asomó. Otra furgoneta-prisión se había detenido cerca de la que él ocupaba. Movió la chapa aún más, puso el pie en uno de los radios de la rueda y saltó al suelo. Un cochero lo vio, rugió de risa y luego trató de lanzar un grito, pero su voz se perdió en el ruido del tráfico que había comenzado a moverse de nuevo. Además, Arsène Lupin estaba ya muy lejos.

Había corrido unos pasos; pero, una vez en la acera, se volvió y miró a su alrededor; parecía oler el viento como quien no sabe qué dirección tomar. Luego, una vez decidido, se metió las manos en los bolsillos y, con el aire despreocupado de un paseante ocioso, avanzó por el bulevar. Era un día cálido y luminoso de otoño, y los cafés estaban llenos. Tomó asiento en la terraza de uno de ellos. Pidió una cerveza y un paquete de cigarrillos. Vació el vaso lentamente, fumó un cigarrillo y encendió otro. Luego pidió al camarero que le enviara al propietario. Cuando llegó el propietario, Arsène le habló con una voz lo suficientemente alta como para que todos lo oyeran:

"Lamento decirle, *Monsieur*, que he olvidado mi cartera. Tal vez, en virtud de mi nombre, tenga a bien concederme crédito por unos días. Soy Arsène Lupin".

El propietario le miró, pensando que estaba bromeando. Pero Arsène repitió:

"Lupin, preso en la Santé, pero ahora fugitivo. Me atrevo a suponer que el nombre le inspira una perfecta confianza en mí".

Y se alejó, entre gritos de risa, mientras el propietario permanecía asombrado.

Lupin se paseó por la calle Soufflot y giró hacia la calle Saint Jacques. Siguió su camino lentamente, fumando sus cigarrillos y mirando los escaparates. En el Boulevard de Port Royal se orientó, descubrió dónde estaba y se dirigió hacia la calle de la Santé. Los altos muros de la prisión estaban ahora ante él. Se echó el sombrero hacia delante para taparse la cara y, acercándose al centinela, le preguntó:

"¿Es ésta la prisión de la Santé?"

"Sí."

"Deseo recuperar mi celda. El furgón me dejó en el camino, y no quiero abusar..."

"Ahora, joven, muévase... ¡rápido!" gruñó el centinela.

"Perdóneme, pero debo pasar por esa puerta. Y si impide que Arsène Lupin entre en la prisión le costará caro, amigo mío".

"¡Arsène Lupin! ¿De qué estás hablando?"

"Lamento no tener una tarjeta conmigo", dijo Arsène, rebuscando en sus bolsillos.

El centinela lo miró de pies a cabeza, asombrado. Luego, sin decir nada, tocó el timbre. La puerta de hierro se abrió parcialmente y Arsène entró. Casi inmediatamente se encontró con el guardián de la prisión, que gesticulaba y fingía un violento enfado. Arsène sonrió y dijo:

"Vamos, *Monsieur*, no juegue conmigo. ¡Qué! se toman la precaución de llevarme solo en el furgón, preparan un pequeño y bonito obstáculo, y se imaginan que voy a ponerme en marcha y reunirme con mis amigos. ¿Y qué hay de los veinte agentes de la Sûreté que nos acompañaron a pie, en carrozas y en bicicletas? No, el acuerdo no me gustó. No habría salido vivo. Dígame, *Monsieur*, ¿contaban con eso?".

Se encogió de hombros y añadió:

"Le ruego, *Monsieur*, que no se preocupe por mí. Cuando quiera escapar no necesitaré ninguna ayuda".

Al segundo día, el "Echo de France", que al parecer se había convertido en el reportero oficial de las hazañas de Arsène Lupin -se decía que era uno de sus principales accionistas-, publicó un relato muy completo de este intento de fuga. La redacción exacta de los mensajes intercambiados entre el prisionero y su misterioso amigo, los medios por los que se construyó la correspondencia, la complicidad de la policía, el paseo por el Boulevard Saint Michel, el incidente en el café Soufflot, todo fue revelado. Se supo que el registro del restaurante y de sus camareros por parte del inspector Dieuzy había sido infructuoso. Y el público se enteró también de un hecho extraordinario que demostraba la infinita variedad de recursos que poseía Lupin: la furgoneta de la prisión en la que era transportado fue preparada para la ocasión y sustituida por sus cómplices por una de las seis furgonetas que hacían servicio en la prisión.

La próxima fuga de Arsène Lupin no fue dudada por nadie. Él mismo lo anunció, en términos categóricos, en una respuesta a Monsieur Bouvier al día siguiente de su intento de fuga. Como el juez había hecho una broma sobre el asunto, Arsène se molestó y, mirando firmemente al juez, dijo, enfáticamente:

"¡Escúcheme, *Monsieur*! Le doy mi palabra de honor de que este intento de fuga era simplemente preliminar a mi plan general de huida".

"No entiendo", dijo el juez.

"No es necesario que lo entienda".

Y cuando el juez, en el curso de aquel interrogatorio del que se informó ampliamente en las columnas del "Eco de Francia", quiso reanudar su investigación, Arsène Lupin exclamó, con un supuesto aire de lasitud:

"¡*Mon Dieu, Mon Dieu,* de qué sirve! Todas estas preguntas no tienen importancia".

"¿Qué? ¿Sin importancia?", gritó el juez.

"No, porque no estaré presente en el juicio".

"¿No estarás presente?"

"No, lo tengo totalmente decidido, y nada me hará cambiar de opinión".

Esta seguridad, unida a las inexplicables indiscreciones que Arsène cometía cada día, servía para molestar y desconcertar a los agentes de la ley. Había secretos que sólo Arsène Lupin conocía; secretos que sólo él podía divulgar. ¿Pero con qué propósito los revelaba? ¿Y cómo?

Arsène Lupin fue trasladado a otra celda. El juez cerró su investigación preliminar. No se llevó a cabo ningún otro procedimiento en su caso durante un período de dos meses, durante el cual se vio a Arsène casi constantemente tumbado en su cama con la cara vuelta hacia la pared. El cambio de celda parecía desanimarle. Se negaba a ver a su abogado. Sólo intercambiaba algunas palabras necesarias con sus guardianes.

Durante los quince días que precedieron a su juicio, retomó su vida vigorosa. Se quejaba de falta de aire. En consecuencia, todas las mañanas temprano se le permitía hacer ejercicio en el patio, vigilado por dos hombres.

La curiosidad del público no se había apagado; todos los días esperaba ser agasajado con noticias de su fuga; y, es cierto, se había ganado una considerable simpatía del público por su brío, su alegría, su diversidad, su genio inventivo y el misterio de su vida. Arsène Lupin debía escapar. Era su destino inevitable. El público lo esperaba y se sorprendía de que el acontecimiento se hubiera retrasado tanto. Todas las mañanas el prefecto de policía preguntaba a su secretario:

"¿Ya se ha escapado?"

"No, *Monsieur le Préfect*".

"Mañana, probablemente".

Y, el día antes del juicio, un caballero llamó a la oficina del "Grand Journal", pidió ver al reportero del tribunal, lanzó su tarjeta a la cara del reportero y se marchó rápidamente. En la tarjeta estaban escritas estas palabras:

"Arsène Lupin siempre cumple sus promesas".

* * *

En estas condiciones comenzó el juicio. Una enorme multitud se reunió en el tribunal. Todos deseaban ver al famoso Arsène Lupin. Tenían la alegre expectativa de que el prisionero le hiciera alguna atrevida broma al juez. Abogados y magistrados, periodistas y hombres de mundo, actrices y mujeres de sociedad se agolpaban en los bancos previstos para el público.

Era un día oscuro y sombrío, con un aguacero constante. Sólo una tenue luz impregnaba la sala, y los espectadores tuvieron una visión muy indistinta del prisionero cuando los guardias lo hicieron entrar. Pero su andar pesado y tambaleante, la forma en que se dejó caer en su asiento y su apariencia pasiva y estúpida no eran nada atractivos. Varias veces su abogado -uno de los asistentes de Monsieur Danval, le habló, pero él se limitó a negar con la cabeza y no dijo nada.

El secretario leyó el acta de acusación y luego el juez habló:

"Preso en el bar, levántese. ¿Su nombre, edad y ocupación?"

Al no recibir respuesta, el juez repitió:

"¿Su nombre? ¿Le pregunto su nombre?"

Una voz gruesa y lenta murmuró:

"Baudru, Désiré".

Un murmullo de sorpresa invadió la sala. Pero el juez prosiguió:

"¿Baudru, Désiré? ¡Ah! ¡un nuevo alias! Bueno, como ya ha asumido una docena de nombres diferentes y éste es, sin duda, tan imaginario como los demás, nos ceñiremos al nombre de Arsène Lupin, por el que se le conoce más generalmente."

El juez se refirió a sus notas, y continuó:

"Porque, a pesar de la búsqueda más diligente, su historia pasada sigue siendo desconocida. Su caso es único en los anales del crimen. No sabemos quién es usted, ni de dónde viene, ni su nacimiento ni su educación, todo es un misterio para nosotros. Hace tres años apareció entre nosotros como Arsène Lupin, y se presentó como una extraña combinación de inteligencia y perversión, inmoralidad y generosidad. Nuestro conocimiento de su vida antes de esa fecha es vago y problemático. Puede ser que el hombre llamado Rostat que, hace ocho años, trabajó con Dickson, el Ilusionista, no fuera otro que Arsène Lupin. Es probable que el estudiante ruso que, hace seis años, asistía al laboratorio del doctor Altier en el Hospital de San Luis, y que a menudo asombraba al doctor por el ingenio de sus hipótesis sobre temas de bacteriología y la audacia de sus experimentos en enfermedades de la piel, no fuera otro que Arsène Lupin. Es probable, además, que Arsène Lupin fuera el profesor que introdujo el arte japonés del jiu-jitsu al público parisino. Tenemos algunas razones para creer que Arsène Lupin fue el ciclista que ganó el Gran Premio de la Exposición, recibió sus diez mil francos y nunca más se supo de él. Arsène Lupin puede haber sido, también, la persona que salvó tantas vidas a través de la pequeña ventana de la buhardilla en el Bazar de la Caridad; y, al mismo tiempo, les robó los bolsillos".

El juez se detuvo un momento y luego continuó:

"Tal es esa época que parece haber sido utilizada por usted en una preparación minuciosa para la guerra que ha librado desde entonces contra la sociedad; un aprendizaje metódico en el que desarrolló su fuerza, energía y habilidad hasta el punto más alto posible. ¿Reconoce usted la exactitud de estos hechos?"

Durante este discurso, el prisionero se había mantenido en equilibrio, primero sobre un pie, luego sobre el otro, con los hombros encorvados y los brazos inertes. Bajo la luz más intensa se podía observar su extrema delgadez, sus mejillas huecas, sus pómulos salientes, su rostro de color tierra salpicado de pequeñas manchas rojas y enmarcado en una barba áspera y rala. La vida en la cárcel le había hecho envejecer y marchitarse. Había perdido el rostro juvenil y la figura elegante que habíamos visto retratada tantas veces en los periódicos.

Parecía que no había oído la pregunta formulada por el juez. Se la repitieron dos veces. Entonces levantó los ojos, pareció reflexionar, y luego, haciendo un esfuerzo desesperado, murmuró:

"Baudru, Désiré".

El juez sonrió, mientras decía:

"No entiendo la teoría de su defensa, Arsène Lupin. Si busca evitar la responsabilidad por sus crímenes alegando imbecilidad, esa línea de defensa está abierta para usted. Pero seguiré adelante con el juicio y no prestaré atención a sus caprichos".

A continuación, narró largamente los diversos robos, estafas y falsificaciones que se le imputaban a Lupin. A veces interrogaba al prisionero, pero éste se limitaba a gruñir o a guardar silencio. Comenzó el interrogatorio de los testigos. Algunas de las pruebas aportadas eran irrelevantes; otras parecían más importantes, pero por todas ellas corría una veta de contradicciones e incoherencias. Una aburrida oscuridad envolvió los procedimientos, hasta que el detective Ganimard fue llamado como testigo; entonces se reavivó el interés.

Desde el principio, las acciones del veterano detective parecieron extrañas e inexplicables. Estaba nervioso y malhumorado. Varias veces miró al prisionero, con evidente duda y ansiedad. Luego, con las manos apoyadas en la barandilla frente a él, relató los sucesos en los que había participado, incluyendo su persecución del prisionero por Europa y su llegada a América. Se le escuchó con gran avidez, ya que su captura de Arsène Lupin era bien conocida por todos a través de la prensa. Hacia el final de su testimonio, después de referirse a sus conversaciones con Arsène Lupin, se detuvo, dos veces, avergonzado e indeciso. Era evidente que tenía algún pensamiento que temía pronunciar. El juez le dijo, con simpatía:

"Si está usted enfermo, puede retirarse por el momento".

"No, no, pero..."

Se detuvo, miró con dureza al prisionero y dijo:

"Pido permiso para escudriñar al prisionero más de cerca. Hay algún misterio en él que debo resolver".

Se acercó al acusado, lo examinó atentamente durante varios minutos, luego volvió al estrado y, con voz casi solemne, dijo:

"Declaro, bajo juramento, que el prisionero que tengo ante mí no es Arsène Lupin".

Un profundo silencio siguió a la declaración. El juez, sin inmutarse por un momento, exclamó:

"¡Ah! ¿Qué quiere decir? Eso es absurdo".

El detective continuó:

"A primera vista hay un cierto parecido, pero si usted considera cuidadosamente la nariz, la boca, el pelo, el color de la piel, verá que no es Arsène Lupin. ¡Y los ojos! Alguna vez tuvo esos ojos alcohólicos".

"¡Venga, venga, testigo! ¿Qué quiere decir? ¿Pretende decir que estamos juzgando al hombre equivocado?"

"En mi opinión, sí. Arsène Lupin, de alguna manera, se ha ingeniado para poner a este pobre diablo en su lugar, a menos que este hombre sea un cómplice voluntario".

Este dramático desenlace provocó muchas risas y emoción entre los espectadores. El juez suspendió el juicio y mandó llamar a Monsieur Bouvier, el carcelero, y los guardias empleados en la prisión.

Cuando se reanudó el juicio, Monsieur Bouvier y el carcelero examinaron al acusado y declararon que sólo había un ligero parecido entre el prisionero y Arsène Lupin.

"¡Entonces!", exclamó el juez, "¿quién es este hombre? ¿De dónde viene? ¿Por qué está en la cárcel?"

Llamaron a dos de los guardias de la prisión y ambos declararon que el prisionero era Arsène Lupin. El juzgado volvió a respirar.

Pero uno de los guardias dijo entonces:

"Sí, sí, creo que es él".

"¡Qué!", gritó el juez, impaciente, "¡usted piensa que es él! ¿Qué quieres decir con eso?"

"Bueno, he visto muy poco al prisionero. Lo pusieron a mi cargo por la noche y, durante dos meses, apenas se movió, sino que se tumbó en su cama con la cara hacia la pared."

"¿Y el tiempo anterior a esos dos meses?"

"Antes de eso ocupaba una celda en otra parte de la prisión. No estaba en la celda 24".

Aquí el jefe de guardia interrumpió y dijo:

"Lo cambiamos a otra celda después de su intento de fuga".

"Pero usted, *Monsieur*, ¿lo ha visto durante esos dos meses?"

"No tuve ocasión de verle. Siempre estuvo tranquilo y ordenado".

"¿Y este prisionero no es Arsène Lupin?"

"No."

"¿Entonces quién es?", preguntó el juez.

"No lo sé".

"Entonces tenemos ante nosotros a un hombre que fue sustituido por Arsène Lupin, hace dos meses. ¿Cómo explica eso?"

"No puedo".

Absolutamente desesperado, el juez se volvió hacia el acusado y se dirigió a él en tono conciliador:

"Prisionero, ¿puede decirme cómo y desde cuándo es usted recluso de la Prisión de la Santé?"

La manera atractiva del juez estaba calculada para desarmar la desconfianza y despertar la comprensión del acusado. Éste intentó responder. Finalmente, bajo un interrogatorio inteligente y suave, logró esbozar algunas frases de las que se desprendió la siguiente historia: Hacía dos meses que había sido llevado al *Dépôt*, examinado y puesto en libertad. Cuando salía del edificio, como hombre libre, fue capturado por dos guardias y metido en el furgón de la prisión. Desde entonces ocupaba la celda 24. Allí estaba contento, tenía mucho que comer y dormía bien, por lo que no se quejaba.

Todo eso parecía probable; y, en medio de la alegría y la excitación de los espectadores, el juez aplazó el juicio hasta que la historia pudiera ser investigada y verificada.

* * *

El examen de los registros de la prisión permitió establecer de inmediato los siguientes hechos: Ocho semanas antes un hombre llamado Baudru Désiré había dormido en el Dépôt. Fue liberado al día siguiente, y salió del Dépôt a las dos de la tarde. Ese mismo día, a las dos de la tarde, Arsène Lupin, después de haber sido examinado por última vez, abandonó el Depósito en una furgoneta.

¿Se habían equivocado los guardias? ¿Se habían dejado engañar por el parecido y habían sustituido por descuido a este hombre por su prisionero?

Se planteó otra pregunta: ¿La sustitución había sido acordada de antemano? En ese caso, Baudru debió ser cómplice y provocar su propia detención con el propósito expreso de ocupar el lugar de Lupin. Pero entonces, ¿con qué milagro se había llevado a cabo un plan semejante, basado en una serie de probabilidades improbables?

Baudru Désiré fue entregado al servicio antropológico; nunca habían visto nada parecido. Sin embargo, pudieron rastrear fácilmente su historia pasada. Era conocido en Courbevois, en Asnières y en Levallois. Vivía de la limosna y dormía en una de esas chozas de traperos cerca de la barrera de Ternes. Había desaparecido de allí hacía un año.

¿Había sido atraído por Arsène Lupin? No había pruebas de ello. Y aunque así fuera, eso no explicaba la huida del prisionero. Eso seguía siendo un misterio. Entre las veinte teorías que intentaban explicarlo, ninguna era satisfactoria. De la fuga en sí, no había duda: incomprensible, sensacional; el público, así como los agentes de la ley, pudieron detectar un plan cuidadosamente preparado, una combinación de circunstancias maravillosamente encajadas, cuyo desenlace justificaba plenamente la confiada predicción de Arsène Lupin: "No estaré presente en mi juicio".

Tras un mes de paciente investigación, el problema seguía sin resolverse. El pobre diablo de Baudru no podía ser mantenido en prisión indefinidamente, y llevarle a juicio sería ridículo. No había ninguna acusación contra él. En consecuencia, fue puesto en libertad; pero el jefe de la Sûrété resolvió mantenerlo bajo vigilancia. Esta idea partió de Ganimard. Desde su punto de vista no había ni complicidad ni casualidad. Baudru era un instrumento con el que Arsène Lupin había jugado con su extraordinaria habilidad. Baudru, cuando fuera puesto en libertad, les llevaría hasta Arsène Lupin o, al menos, hasta algunos de sus cómplices. Los dos inspectores, Folenfant y Dieuzy, fueron asignados para ayudar a Ganimard.

Una mañana brumosa de enero se abrieron las puertas de la prisión y Baudru Désiré salió, como un hombre libre. Al principio parecía bastante avergonzado, y caminaba como una persona que no tiene una idea precisa de hacia dónde va. Siguió la calle de la Santé y la calle Saint Jacques. Se detuvo frente a una tienda de ropa vieja, se quitó la chaqueta y el chaleco, vendió su chaleco; luego se volvió a poner la chaqueta y siguió su camino. Cruzó el Sena. A la altura del Châtelet le pasó un ómnibus. Quiso entrar en él, pero no había sitio. El interventor le aconsejó que consiguiera un número, así que entró en la sala de espera.

Ganimard llamó a sus dos ayudantes y, sin apartar los ojos de la sala de espera, les dijo:

"Paren un carro... no, dos. Así será mejor. Iré con uno de vosotros y le seguiremos".

Los hombres obedecieron. Pero Baudru no apareció. Ganimard entró en la sala de espera. Estaba vacía.

"¡Idiota que soy!", murmuró, "olvidé que había otra salida".

Había un pasillo interior que se extendía desde la sala de espera hasta la calle Saint Martin. Ganimard se apresuró a atravesarlo y llegó justo a tiempo para observar a Baudru en la parte superior del ómnibus Batignolles-Jardin de Plates cuando éste doblaba la esquina de la rue de Rivoli. Corrió y alcanzó el ómnibus. Pero había perdido a sus dos ayudantes. Debía continuar la persecución solo. En su cólera, se sintió inclinado a agarrar al hombre por el cuello sin ceremonia. ¿No fue con premeditación y mediante una ingeniosa artimaña que su pretendido imbécil le había separado de sus ayudantes?

Miró a Baudru. Este último estaba dormido en el banco, con la cabeza rodando de un lado a otro, la boca entreabierta y una increíble expresión de estupidez en su rostro manchado. No, un adversario así era incapaz de engañar al viejo Ganimard. Fue un golpe de suerte, nada más.

En las Galerías Lafayette, el hombre saltó del ómnibus y tomó el tranvía de La Muette, siguiendo el bulevar Haussmann y la avenida Victor Hugo. Baudru se bajó en la estación de La Muette y, con aire despreocupado, se adentró en el Bois de Boulogne.

Recorrió un camino tras otro, y a veces volvió sobre sus pasos. ¿Qué buscaba? ¿Tenía algún objetivo concreto? Al cabo de una hora, pareció desfallecer de cansancio y, al ver un banco, se sentó. El lugar, no muy lejos de Auteuil, al borde de un estanque escondido entre los árboles, estaba absolutamente desierto. Al cabo de otra media hora, Ganimard se impacientó y decidió hablar con el hombre. Se acercó y tomó asiento junto a Baudru, encendió un cigarrillo, trazó algunas figuras en la arena con la punta de su bastón y dijo

"Hace un día agradable".

No hubo respuesta. Pero, de repente, el hombre se echó a reír, una risa alegre y jovial, espontánea e irresistible. Ganimard sintió que se le ponían los pelos de punta de horror y sorpresa. Era esa risa, esa risa infernal que tan bien conocía.

Con un movimiento repentino, agarró al hombre por el cuello y lo miró con una mirada aguda y penetrante; y descubrió que ya no veía al hombre Baudru. Ciertamente, vio a Baudru; pero, al mismo tiempo, vio al otro, al verdadero hombre, a Lupin. Descubrió la intensa vida en los ojos, rellenó los rasgos encogidos, percibió la verdadera carne bajo la piel flácida, la verdadera boca a través de las muecas que la deformaban. Aquellos eran los ojos y la boca del otro, y especialmente su expresión aguda, alerta y burlona, ¡tan clara y juvenil!

"Arsène Lupin, Arsène Lupin", balbuceó.

Luego, en un repentino ataque de ira, agarró a Lupin por el cuello y trató de sujetarlo. A pesar de sus cincuenta años, todavía poseía una fuerza inusual, mientras que su adversario estaba aparentemente en una condición débil. Pero la lucha fue breve. Arsène Lupin no hizo más que un ligero movimiento y, tan repentinamente como había atacado, Ganimard soltó su agarre. Su brazo derecho cayó inerte, inútil.

"Si hubieras tomado clases de jiu-jitsu en el quai des Orfèvres", dijo Lupin, "sabrías que ese golpe se llama udi-shi-ghi en japonés. Un segundo más y te habría roto el brazo y eso habría sido justo lo que te merecías. Me sorprende que tú, un viejo amigo al que respeto y ante el que expongo voluntariamente mi incógnito, abuse de mi confianza de esa manera tan violenta. Es indigno... ¡Ah! ¿Qué pasa?"

Ganimard no respondió. Aquella fuga de la que se consideraba responsable... ¿no era él, Ganimard, quien, con su sensacional testimonio, había llevado al tribunal a un grave error? Aquella fuga se le antojaba como una nube oscura sobre su carrera profesional. Una lágrima rodó por su mejilla hasta su bigote gris.

"¡Oh! *Mon Dieu*, Ganimard, no te lo tomes a pecho. Si no hubieras hablado, habría dispuesto que lo hiciera otro. No podía permitir que el pobre Baudru Désiré fuera condenado".

"Entonces", murmuró Ganimard, "¿fuiste tú quien estuvo allí? ¿Y ahora estás aquí?"

"Soy yo, siempre yo, sólo yo".

"¿Puede ser posible?"

"Oh, no es obra de un hechicero. Simplemente, como comentó el juez en el juicio, el aprendizaje de una docena de años que equipa a un hombre para afrontar con éxito todos los obstáculos de la vida."

"¿Pero su cara? ¿Sus ojos?"

"Puedes comprender que si trabajé dieciocho meses con el doctor Altier en el hospital de Saint-Louis, no fue por amor al trabajo. Consideré que él, que un día tendría el honor de llamarse Arsène Lupin, debía estar exento de las leyes ordinarias que rigen la apariencia y la identidad. ¿La apariencia? Eso puede modificarse a voluntad. Por ejemplo, una inyección hipodérmica de parafina hinchará la piel en el lugar deseado. El ácido pirogálico cambiará tu piel por la de un indio. El jugo de la celidonia mayor te adornará con las más bellas erupciones y tumores. Otro producto químico afecta al crecimiento de la barba y el cabello; otro cambia el tono de la voz. Añádase a esto dos meses de dieta en la celda 24; ejercicios repetidos mil veces para permitirme mantener mis rasgos en una determinada mueca, llevar la cabeza con cierta inclinación y adaptar mi espalda y mis hombros a una postura encorvada. Luego, cinco gotas de atropina en los ojos para volverlos ojerosos y salvajes, y el truco está hecho".

"No entiendo cómo engañaste a los guardias".

"El cambio fue progresivo. La evolución fue tan gradual que no se dieron cuenta".

"¿Pero Baudru Désiré?"

"Baudru existe. Es un pobre e inofensivo sujeto que conocí el año pasado; y, real-mente, tiene un cierto parecido conmigo. Considerando mi arresto como un posible acontecimiento, me hice cargo de Baudru y estudié los puntos en los que diferíamos en apariencia con el fin de corregirlos en mi propia persona. Mis amigos le hicieron pasar la noche en el Dépôt, y salir de allí al día siguiente a la misma hora que yo, una coincidencia fácilmente arreglada. Por supuesto, era necesario tener un registro de su detención en el Dépôt para establecer el hecho de que tal persona era una reali-dad; de lo contrario, la policía habría buscado en otra parte para averiguar mi iden-tidad. Pero, al ofrecerles a este excelente Baudru, era inevitable, usted lo entiende, inevitable que se apoderaran de él, y, a pesar de las dificultades insuperables de una sustitución, preferían creer en una sustitución que confesar su ignorancia."

"Sí, sí, por supuesto", dijo Ganimard.

"Y entonces", exclamó Arsène Lupin, "tuve en mis manos una carta de triunfo: un público ansioso vigilando y esperando mi fuga. Y ése es el error fatal en el que caíste. Tú y los demás, en el curso de ese fascinante juego pendiente entre los agentes de la ley y yo, en el que lo que estaba en juego era mi libertad. Y supusiste que yo estaba jugando para la galería, que estaba intoxicado con mi éxito. ¡Yo, Arsène Lupin, cul-pable de tal debilidad!

¡Oh, no! Y, no hace más que el asunto Cahorn, dijiste: "Cuando Arsène Lupin grita desde las azoteas que va a escapar, tiene algún objeto en mente". Pero, caramba, debes entender que para escapar debo crear, por adelantado, una certidumbre pú-blica en esa fuga, una creencia que equivale a un artículo de fe, una convicción ab-soluta, una realidad tan brillante como el sol. Y creé esa idea de que Arsène Lupin escaparía, de que Arsène Lupin no estaría presente en su juicio. Y cuando diste tu testimonio y dijiste: "Ese hombre no es Arsène Lupin", todo el mundo estaba dis-puesto a creerte. Si una persona lo hubiera dudado, si alguien hubiera pronunciado esta simple restricción: Supongamos que es Arsène Lupin... Desde ese momento, es-taba perdido. Si alguien hubiera escudriñado mi rostro, no imbuido de la idea de que yo no era Arsène Lupin, como tu hiciste y los demás en mi juicio, sino con la idea de que yo podría ser Arsène Lupin; entonces, a pesar de todas mis precauciones, me habrían reconocido. Pero no tuve ningún miedo. Lógica y psicológicamente, nadie podía concebir la idea de que yo fuera Arsène Lupin".

Agarró la mano de Ganimard.

"Vamos, Ganimard, confiesa que el miércoles después de nuestra conversación en la prisión de la Santé, me esperabas en tu casa a las cuatro, exactamente como dije que iría".

"¿Y tu furgoneta-prisión?", dijo Ganimard, evadiendo la pregunta.

"¡Un farol! Algunos de mis amigos consiguieron esa vieja furgoneta sin usar y quisieron hacer el intento. Pero yo lo consideré poco práctico sin la concurrencia de una serie de circunstancias inusuales. Sin embargo, me pareció útil llevar a cabo ese intento de fuga y darle la más amplia publicidad. Una fuga audazmente planeada, aunque no se completara, daba a la siguiente el carácter de realidad simplemente por la anticipación."

"Así que el cigarro..."

"Ahuecado por mí mismo, así como el cuchillo".

"¿Y las cartas?"

"Escritas por mí".

"¿Y el misterioso corresponsal?"

"No existía".

Ganimard reflexionó un momento y luego dijo:

"Cuando el servicio antropológico tuvo en consideración el caso de Baudru, ¿por qué no percibieron que sus medidas coincidían con las de Arsène Lupin?"

"Mis medidas no existen".

"¡En efecto!"

"Al menos, son falsas. He prestado mucha atención a esa cuestión. En primer lugar, el sistema Bertillon de registrar las marcas visibles de identificación son inexactas y, en segundo lugar, las medidas de la cabeza, los dedos, las orejas, son más o menos infalibles".

"Absolutamente".

"No, pero cuesta dinero evitarlas. Antes de salir de América, uno de los empleados del servicio de allí aceptó mucho dinero para insertar cifras falsas en mis mediciones. En consecuencia, las medidas de Baudru no deben coincidir con las de Arsène Lupin".

Tras un breve silencio, Ganimard preguntó:

"¿Qué vas a hacer ahora?"

"Ahora", respondió Lupin, "voy a descansar, a disfrutar de la mejor comida y bebida y a recuperar poco a poco mi antigua condición de salud. Está muy bien convertirse en Baudru o en cualquier otra persona, en ocasiones, y cambiar de personalidad como se hace con la camisa, pero pronto te cansas del cambio. Me siento exactamente como imagino que se sintió el hombre que perdió su sombra, y me alegraré de volver a ser Arsène Lupin".

Caminó de un lado a otro durante unos minutos, y luego, deteniéndose frente a Ganimard, dijo:

"Supongo que no tienes nada más que decir".

"Sí. Me gustaría saber si tienes la intención de revelar el verdadero estado de los hechos relacionados con tu fuga. El error que cometí..."

"¡Oh! Nadie sabrá nunca que fue Arsène Lupin quien se dio de baja. Me interesa rodearme de misterio, y por eso permitiré que mi fuga conserve su carácter casi milagroso. Así que no temas por eso, mi querido amigo. No diré nada. Y ahora, adiós. Voy a salir a cenar esta noche, y sólo tengo tiempo suficiente para vestirme".

"Pensé que querías descansar".

"¡Ah! Hay deberes con la sociedad que uno no puede evitar. Mañana descansaré".

"¿Dónde cenarás esta noche?"

"¡Con el embajador británico!"

IV. El viajero misterioso

La noche anterior, había enviado mi automóvil a Rouen por la autopista. Iba a viajar a Rouen por ferrocarril, de camino a visitar a unos amigos que viven a orillas del Sena.

En París, unos minutos antes de la salida del tren, siete caballeros entraron en mi compartimento; cinco de ellos fumaban. No importaba que el viaje fuera corto, la idea de viajar con semejante compañía no me resultaba agradable, sobre todo porque el vagón estaba construido según el modelo antiguo, sin pasillo. Recogí mi abrigo, mis periódicos y mi agenda, y me refugié en un compartimento vecino.

Estaba ocupado por una señora que, al verme, hizo un gesto de molestia que no se me pasó por alto, y se inclinó hacia un caballero que estaba de pie en el escalón y que era, sin duda, su marido. El caballero me examinó detenidamente y, al parecer, mi aspecto no le desagradó, pues sonrió mientras hablaba con su esposa con el aire de quien tranquiliza a un niño asustado. Ella también sonrió y me dirigió una mirada amistosa, como si ahora comprendiera que yo era uno de esos hombres galantes con los que una mujer puede permanecer encerrada durante dos horas en una cajita de dos metros cuadrados y no tener nada que temer.

Su marido le dijo:

"Tengo una cita importante, querida, y no puedo esperar más. Adiós".

La besó cariñosamente y se fue. Su mujer le lanzó unos cuantos besos y agitó su pañuelo. Sonó el silbato y el tren se puso en marcha.

En ese preciso momento, y a pesar de las protestas de los guardias, se abrió la puerta y un hombre se precipitó en nuestro compartimento. Mi compañera, que estaba de pie arreglando su equipaje, lanzó un grito de terror y cayó sobre el asiento. No soy un cobarde, ni mucho menos, pero confieso que tales intrusiones en el último momento son siempre desconcertantes. Tienen un aspecto sospechoso y antinatural.

Sin embargo, la apariencia del recién llegado modificó en gran medida la impresión desfavorable producida por su precipitada acción. Estaba correcta y elegantemente vestido, llevaba una corbata de buen gusto, guantes correctos, y su rostro era refinado y lúcido. Pero, ¿dónde diablos había visto yo esa cara antes? Porque, más allá de toda duda posible, la había visto. Y, sin embargo, su recuerdo era tan vago e indistinto que me pareció inútil tratar de recordarlo en aquel momento.

Entonces, dirigiendo mi atención a la señora, me sorprendió la palidez y la ansiedad que vi en su rostro. Miraba a su vecina -ocupaban asientos en el mismo lado del compartimento- con una expresión de intensa alarma, y percibí que una de sus temblorosas manos se deslizaba lentamente hacia una pequeña bolsa de viaje que estaba tendida en el asiento a unos veinte centímetros de ella. Terminó por agarrarla y atraerla nerviosamente hacia ella. Nuestros ojos se encontraron y leí en los suyos tanta ansiedad y miedo que no pude evitar hablarle:

"¿Está usted enferma, señora? ¿Abro la ventana?"

Su única respuesta fue un gesto que indicaba que tenía miedo de nuestro compañero. Yo sonreí, como había hecho su marido, me encogí de hombros y le expliqué, con pantomima, que no tenía nada que temer, que yo estaba allí y que, además, el caballero parecía un individuo muy inofensivo. En ese momento, se volvió hacia nosotros, nos escudriñó a ambos de pies a cabeza, luego se acomodó en su rincón y no nos prestó más atención.

Tras un breve silencio, la señora, como si hubiera hecho acopio de toda su energía para realizar un acto desesperado, me dijo, con voz casi inaudible

"¿Sabe usted quién está en nuestro tren?"

"¿Quién?"

"Él... él... le aseguro..."

"¿Quién es?"

"¡Arsène Lupin!"

No había quitado los ojos de nuestro compañero, y fue a él más que a mí a quien pronunció las sílabas de ese inquietante nombre. Se tapó la cara con el sombrero. ¿Era para ocultar su agitación o, simplemente, para prepararse para dormir? Entonces le dije:

"Ayer, por contumacia, Arsène Lupin fue condenado a veinte años de prisión con trabajos forzados. Por lo tanto, es improbable que hoy sea tan imprudente como para mostrarse en público. Además, los periódicos han anunciado su aparición en Turquía desde su fuga de la Santé".

"Pero está en este tren en este momento", proclamó la señora, con la evidente intención de ser escuchada por nuestro compañero; "mi marido es uno de los directores en el servicio penitenciario, y fue el propio jefe de estación quien nos dijo que se estaba buscando a Arsène Lupin".

"Puede que se hayan equivocado..."

"No; se le vio en la sala de espera. Compró un billete de primera clase para Rouen".

"Ha desaparecido. El guardia de la sala de espera no lo vio pasar, y se supone que habrá subido al expreso que sale diez minutos después que nosotros."

"En ese caso, seguro que lo atrapan".

"A menos que, en el último momento, haya saltado de ese tren para venir aquí, a nuestro tren... lo cual es bastante probable... lo cual es casi seguro".

"Si es así, será detenido igualmente; pues los empleados y los guardias observarían sin duda su paso de un tren a otro, y, cuando lleguemos a Rouen, lo detendrán allí".

"A él... ¡nunca! Encontrará algún medio de escapar".

"En ese caso, le deseo "buen viaje" ".

"Pero, mientras tanto, ¡piense en lo que puede hacer!"

"¿Qué?"

"No lo sé. Puede hacer cualquier cosa".

Estaba muy agitada y, en verdad, la situación justificaba, hasta cierto punto, su nerviosa excitación. Me sentí impulsado a decirle:

"Por supuesto, hay muchas coincidencias extrañas, pero no debe tener miedo. Si asumimos que Arsène Lupin esté en este tren, no cometerá ninguna indiscreción; estará encantado de escapar del peligro que ya le amenaza".

Mis palabras no la tranquilizaron, pero permaneció un rato en silencio. Desplegué mis periódicos y leí los informes sobre el juicio de Arsène Lupin, pero, como no contenían nada nuevo para mí, no me interesaban demasiado. Además, estaba cansado y tenía sueño. Sentí que mis párpados se cerraban y mi cabeza caía.

"¡Pero, Monsieur, no se va a dormir!"

Ella cogió mi periódico y me miró con indignación.

"Desde luego que no", dije.

"Eso sería muy imprudente".

"Por supuesto", asentí.

Me esforcé por mantenerme despierto. Miré a través de la ventana el paisaje y las fugaces nubes, pero en poco tiempo todo aquello se volvió confuso e indistinto; la imagen de la nerviosa dama y el somnoliento caballero se borraron de mi memoria, y quedé sepultado en las tranquilizadoras profundidades de un profundo sueño. La tranquilidad de mi respuesta se vio pronto perturbada por sueños inquietantes, en los que una criatura que había interpretado el papel y llevaba el nombre de Arsène Lupin ocupaba un lugar importante. Se me aparecía con la espalda cargada de artículos de valor; saltaba por encima de los muros y saqueaba castillos. Pero los contornos de aquella criatura, que ya no era Arsène Lupin, adoptaron una forma más definida. Se acercó a mí, haciéndose cada vez más grande, saltó al compartimento con una agilidad increíble, y aterrizó de lleno en mi pecho. Con un grito de espanto y dolor, me desperté. El hombre, el viajero, nuestro compañero, con su rodilla en mi pecho, me sujetaba por el cuello.

Mi vista era muy indistinta, ya que mis ojos estaban impregnados de sangre. Pude ver a la señora, en un rincón del compartimento, convulsionada por el miedo. Intenté incluso no resistirme. Además, no tenía fuerzas. Mis sienes palpitaban; casi me estrangulaba. Un minuto más y habría expirado. El hombre debió darse cuenta, porque aflojó su agarre, pero no retiró la mano. Entonces tomó una cuerda, en la que había preparado un nudo corredizo, y me ató las muñecas. En un instante, estuve atado, amordazado e indefenso.

Ciertamente, realizó el truco con una facilidad y habilidad que revelaban la mano de un maestro; era, sin duda, un ladrón profesional. Ni una palabra, ni un movimiento nervioso; sólo frialdad y audacia. Y yo estaba allí, tendido en el banco, atado como una momia, yo... ¡Arsène Lupin!

Era cualquier cosa menos un asunto de risa y, sin embargo, a pesar de la gravedad de la situación, aprecié vivamente el humor y la ironía que implicaba. Arsène Lupin apresado y atado como un novato; robado como si yo fuera un rústico poco sofisticado, pues, como comprenderá, el canalla me había privado de mi bolso y mi cartera. Arsène Lupin, víctima, engañado, vencido.... ¡Qué aventura!

La señora no se movió. Ni siquiera se fijó en ella. Se contentó con recoger la bolsa de viaje que se había caído al suelo y sacar de ella las joyas, el bolso y las baratijas de oro y plata que contenía. La dama abrió los ojos, tembló de miedo, sacó los anillos de sus dedos y se los entregó al hombre como si quisiera evitarle problemas innecesarios. Él tomó los anillos y la miró. Ella se desmayó.

Luego, sin inmutarse, retomó su asiento, encendió un cigarrillo y procedió a examinar el tesoro que había adquirido. El examen pareció darle una perfecta satisfacción.

Pero no estaba tan satisfecho. No hablo de los doce mil francos de los que había sido indebidamente privado: eso era sólo una pérdida temporal, porque estaba seguro de que recuperaría la posesión de ese dinero después de un plazo muy breve, junto con los importantes papeles que contenía mi cartera: planos, especificaciones, direcciones, listas de corresponsales y cartas comprometedoras. Pero, por el momento, me preocupaba una cuestión más inmediata y grave: ¿Cómo terminaría este asunto? ¿Cuál sería el resultado de esta aventura?

Como pueden imaginarse, no me ha pasado desapercibido el trastorno creado por mi paso por la estación de Saint-Lazare. Al ir a visitar a unos amigos que me conocían bajo el nombre de Guillaume Berlat, y entre los que mi parecido con Arsène Lupin era objeto de muchas bromas inocentes, no pude asumir un disfraz, y mi presencia había sido notada. Así que, sin lugar a duda, el comisario de policía de Rouen, notificado por telégrafo y asistido por numerosos agentes, estaría esperando el tren, interrogaría a todos los pasajeros sospechosos y procedería a registrar los vagones.

Por supuesto, yo había previsto todo eso, pero no me había inquietado, pues estaba seguro de que la policía de Ruán no sería más astuta que la de París y de que yo podría escapar al reconocimiento; ¿no me bastaría con mostrar descuidadamente mi tarjeta de "diputado", gracias a la cual había inspirado plena confianza al portero de Saint-Lazare? Pero la situación había cambiado mucho. Ya no estaba libre. Era imposible intentar uno de mis trucos habituales. En uno de los compartimentos, el comisario de policía encontraría a Monsieur Arsène Lupin, atado de pies y manos, dócil como un cordero, embalado, todo listo para ser arrojado a un furgón de la prisión. Tendría que aceptar simplemente la entrega del paquete, lo mismo que si se tratara de una mercancía o de una cesta de frutas y verduras. Sin embargo, para evitar ese vergonzoso desenlace, ¿qué podía hacer, atado y amordazado como estaba? Y el tren se precipitaba hacia Rouen, la siguiente y única estación.

Se presentó otro problema, que me interesaba menos, pero cuya solución despertó mi curiosidad profesional. ¿Cuáles eran las intenciones de mi bribón acompañante? Por supuesto, si hubiera estado solo, podría, a nuestra llegada a Rouen, abandonar el coche lentamente y sin miedo. ¿Pero la señora? En cuanto se abriera la puerta del compartimento, la señora, ahora tan tranquila y humilde, gritaría y pediría ayuda. Ese era el dilema que me dejaba perplejo. ¿Por qué no la había reducido a un estado de indefensión similar al mío? Eso le habría dado tiempo de sobra para desaparecer antes de que se descubriera su doble crimen.

Seguía fumando, con los ojos clavados en la ventana que ahora se veía salpicada de gotas de lluvia. Una vez se giró, cogió mi horario y lo consultó.

La dama tuvo que fingir una continua falta de conciencia para engañar al enemigo. Pero los ataques de tos, provocados por el humo, pusieron al descubierto su verdadero estado. En cuanto a mí, estaba muy incómodo y cansado. Y meditaba, conspiraba.

El tren se precipitaba, alegremente, embriagado por su propia velocidad.

Saint Etienne! En ese momento, el hombre se levantó y dio dos pasos hacia nosotros, lo que hizo que la dama lanzara un grito de alarma y cayera en un auténtico desmayo. ¿Qué iba a hacer el hombre? Bajó la ventana de nuestro lado. Ahora caía una fuerte lluvia y, con un gesto, el hombre expresó su molestia por no tener un paraguas o un abrigo. Miró el perchero. El paraguas de la señora estaba allí. Lo cogió. También cogió mi abrigo y se lo puso.

Estábamos cruzando el Sena. Se subió los bajos de los pantalones, se inclinó y levantó el pestillo exterior de la puerta. ¿Iba a tirarse a la vía? A esa velocidad, habría sido una muerte instantánea. Ahora entramos en un túnel. El hombre abrió la puerta a medias y se puso en el escalón superior. ¡Qué locura! La oscuridad, el humo, el ruido, todo daba un aspecto fantástico a sus acciones. Pero, de repente, el tren disminuyó su velocidad. Un momento después aumentó su velocidad, y luego volvió a reducirla. Probablemente, se estaban realizando reparaciones en esa parte del túnel que obligaban a los trenes a disminuir su velocidad, y el hombre era consciente de ello. Inmediatamente bajó al escalón inferior, cerró la puerta tras de sí y saltó al suelo. Había desaparecido.

La dama recobró inmediatamente la cordura, y su primer acto fue lamentar la pérdida de sus joyas. Le dirigí una mirada suplicante. Ella comprendió, y rápidamente quitó la mordaza que me ahogaba. Quiso desatar las cuerdas que me ataban, pero se lo impedí.

"No, no, la policía debe ver todo exactamente como está. Quiero que vean lo que nos hizo ese bribón".

"¿Y si toco la campana de alarma?"

"Demasiado tarde. Deberías haberlo hecho cuando me atacó".

"Pero me habría matado. ¡Ah! *Monsieur*, ¿no le dije que estaba en este tren? Lo reconocí por su retrato. Y ahora se ha ido con mis joyas".

"No se preocupe. La policía lo atrapará".

"¡Atrapar a Arsène Lupin! Jamás".

"Eso depende de usted, Madame. Escuche. Cuando lleguemos a Rouen, esté en la puerta y llame. Haga ruido. La policía y los empleados del ferrocarril vendrán. Cuente lo que ha visto: el asalto a mi persona y la huida de Arsène Lupin. Describa a Arsène Lupin: sombrero blando, paraguas, su abrigo gris...".

"El suyo", dijo ella.

"¿Qué? ¿Mía? En absoluto. Era de él. Yo no tenía ninguno".

"Me parece que no tenía ninguno cuando entró".

"Sí, sí... a menos que el abrigo fuera uno que alguien hubiera olvidado y dejado en el perchero. En cualquier caso, lo tenía cuando se fue, y eso es lo esencial. Un abrigo gris... ¡Recuerde! .... ¡Ah! Lo había olvidado. Debe decir su nombre, lo primero que haga. La posición oficial de su marido estimulará el celo de la policía".

Llegamos a la estación. Le di algunas instrucciones más en un tono bastante imperioso:

"Dígales mi nombre: Guillaume Berlat. Si es necesario, diga que me conoce. Así ganará tiempo. Debemos acelerar la investigación preliminar. Lo importante es la persecución de Arsène Lupin. ¡Sus joyas, recuerde! Que no haya ningún error. Guillaume Berlat, un amigo de su marido".

"Entiendo... Guillaume Berlat".

Ella ya estaba llamando y gesticulando. En cuanto el tren se detuvo, varios hombres entraron en el compartimento. Había llegado el momento crítico.

Jadeando, la dama exclamó:

"Arsène Lupin... Nos ha atacado... Ha robado mis joyas... Soy Madame Renaud... Mi marido es director del servicio penitenciario... ¡Ah! Aquí está mi hermano, Georges Ardelle, director del Crédit Rouennais... debe conocerlo..."

Abrazó a un joven que acababa de unirse a nosotros y al que el comisario saludó. Luego continuó, llorando:

"Sí, Arsène Lupin... mientras *Monsieur* dormía, lo agarró por la garganta... Monsieur Berlat, un amigo de mi marido".

El comisario preguntó:

"Pero ¿dónde está Arsène Lupin?"

"Saltó del tren, al pasar por el túnel".

"¿Está segura de que fue él?"

"¡Estoy segura! Le he reconocido perfectamente. Además, se le vio en la estación de Saint-Lazare. Llevaba un sombrero blando..."

"No, uno de fieltro duro, como ese", dijo el comisario, señalando mi sombrero.

"Tenía un sombrero blando, estoy seguro", repitió Madame Renaud, "y un abrigo gris".

"Sí, así es", respondió el comisario, "el telegrama dice que llevaba un abrigo gris con cuello de terciopelo negro".

"Exactamente, un cuello de terciopelo negro", exclamó Madame Renaud, triunfante.

Respiré libremente. ¡Ah! La excelente amiga que tenía en esa mujercita.

Los agentes de policía me habían liberado. Me mordí los labios hasta que me salió sangre. Inclinándome, con el pañuelo sobre la boca, una actitud bastante natural en una persona que ha permanecido durante mucho tiempo en una posición incómoda, y cuya boca muestra las marcas sangrientas de la mordaza, me dirigí al comisario, con voz débil:

" Monsieur, fue Arsène Lupin. No hay duda de ello. Si nos apresuramos, aún puede ser atrapado. Creo que puedo serle útil".

El vagón, en el que ocurrió el crimen, se separó del tren para servir de testigo mudo en la investigación oficial. El tren continuó su camino hacia Havre. Fuimos conducidos a la oficina del jefe de estación a través de una multitud de espectadores curiosos.

Entonces, tuve un repentino acceso de duda y discreción. Bajo un pretexto u otro, debía escapar. Permanecer allí era peligroso. Podría ocurrir algo; por ejemplo, un telegrama de París, y estaría perdido.

Sí, pero ¿qué pasa con mi ladrón? Abandonado a mis propios recursos, en un país desconocido, no podía esperar atraparlo.

"¡Bah! Debo hacer el intento", me dije. "Puede ser un juego difícil, pero divertido, y la apuesta bien vale la pena".

Y cuando el comisario nos pidió que repitiéramos la historia del robo, exclamé:

" Monsieur, de verdad, Arsène Lupin se está adelantando a nosotros. Mi automóvil está esperando en el patio. Si es tan amable de utilizarlo, podemos intentar...".

El comisario sonrió y respondió:

"La idea es buena, tan buena que ya se está llevando a cabo. Dos de mis hombres han salido en bicicleta. Hace tiempo que se fueron".

"¿Adónde han ido?"

"A la entrada del túnel. Allí recogerán pruebas, asegurarán testigos y seguirán la pista de Arsène Lupin".

No pude evitar encogerme de hombros, mientras respondía:

"Sus hombres no asegurarán ninguna prueba ni ningún testigo".

"¡De verdad!"

"Arsène Lupin no permitirá que nadie le vea salir del túnel. Tomará el primer camino..."

"A Rouen, donde lo arrestaremos."

"No irá a Rouen".

"Entonces permanecerá en los alrededores, donde su captura será aún más segura."

"No se quedará en los alrededores".

"¡Oh! ¡Oh! ¿Y dónde se esconderá?"

Miré mi reloj y dije:

"En este momento, Arsène Lupin está merodeando por la estación de Darnétal. A las diez cincuenta, es decir, dentro de veintidós minutos, tomará el tren que va de Rouen a Amiens".

"¿Eso cree? ¿Cómo lo sabe?"

"¡Oh! es muy sencillo. Mientras estábamos en el vagón, Arsène Lupin consultó mi guía ferroviaria. ¿Por qué lo hizo? ¿Había, no muy lejos del lugar donde desapareció, otra línea de ferrocarril, una estación en esa línea, y un tren que paraba en esa estación? Al consultar a mi guía ferroviaria, descubrí que así era".

"Realmente, Monsieur", dijo el comisario, "es una deducción maravillosa. Le felicito por su habilidad".

Ahora estaba convencido de que me había equivocado al hacer gala de tanta astucia. El comisario me miró con asombro, y me pareció que una leve sospecha entraba en su mente oficial... ¡Ah! apenas eso, pues las fotografías distribuidas difundidas por el departamento de policía eran demasiado imperfectas; presentaban a un Arsène Lupin tan diferente del que tenía ante sí, que era imposible que me reconociera por ellas. Pero, de todos modos, estaba turbado, confundido y malhumorado.

"¡*Mon Dieu*! Nada estimula tanto la comprensión como la pérdida de una cartera y el deseo de recuperarla. Y me parece que, si me da dos de sus hombres, podremos..."

"¡Oh! Le ruego, Monsieur le commissaire", gritó Madame Renaud, "escuche a Monsieur Berlat".

La intervención de mi excelente amigo fue decisiva. Pronunciado por ella, la esposa de un influyente funcionario, el nombre de Berlat se convirtió realmente en el mío, y me dio una identidad que ninguna mera sospecha podría afectar. El comisario se levantó y dijo:

"Créame, Monsieur Berlat, estaré encantado de verle triunfar. Estoy tan interesado como usted en la detención de Arsène Lupin".

Me acompañó al coche y me presentó a dos de sus hombres, Honoré Massol y Gaston Delivet, que estaban destinados a ayudarme. Mi chófer puso en marcha el coche y yo me puse al volante. Unos segundos después, salimos de la estación. Estaba salvado.

Ah, debo confesar que al rodar por los bulevares que rodeaban la vieja ciudad normanda, en mi veloz Moreau-Lepton de treinta y cinco caballos, experimenté un profundo sentimiento de orgullo, y el motor respondió simpático a mis deseos. A derecha e izquierda, los árboles pasaban volando por delante de nosotros con una rapidez asombrosa, y yo libre, fuera de peligro, no tenía más que arreglar mis pequeños asuntos personales con los dos honrados representantes de la policía de Rouen que estaban sentados detrás de mí. ¡Arsène Lupin iba en busca de Arsène Lupin!

Modestos guardianes del orden social -Gaston Delivet y Honoré Massol-, ¡qué valiosa fue vuestra ayuda! ¿Qué habría hecho yo sin vosotros? Sin vosotros, muchas veces, en las encrucijadas, podría haber tomado el camino equivocado. Sin vosotros, Arsène Lupin se habría equivocado y el otro habría escapado.

Pero el final no era todavía. Ni mucho menos. Todavía tenía que capturar al ladrón y recuperar los papeles robados. En ningún caso debía permitir que mis dos acólitos vieran esos papeles, y mucho menos que se apoderaran de ellos. Ese era un punto que podía darme alguna dificultad.

Llegamos a Darnétal tres minutos después de la salida del tren. Es cierto que tuve el consuelo de saber que un hombre que llevaba un abrigo gris con cuello de terciopelo negro había tomado el tren en la estación. Había comprado un billete de segunda clase para Amiens. Ciertamente, mi debut como detective era prometedor.

Delivet me dijo:

"El tren es expreso, y la próxima parada es Montérolier-Buchy en diecinueve minutos. Si no llegamos allí antes que Arsène Lupin, puede dirigirse a Amiens, o cambiar por el tren que va a Clères, y, desde ese punto, llegar a Dieppe o a París."

"¿A qué distancia está Montérolier?"

"Veintitrés kilómetros".

"Veintitrés kilómetros en diecinueve minutos... Estaremos allí antes que él".

¡Estábamos de nuevo en marcha! Nunca mi fiel Moreau-Repton había respondido a mi impaciencia con tanto ardor y regularidad. Participaba de mi ansiedad. Apoyaba mi determinación. Comprendía mi animosidad contra ese bribón de Arsène Lupin. ¡El bribón! ¡El traidor!

"Gira a la derecha", gritó Delivet, "y luego a la izquierda".

Volamos, casi sin tocar el suelo. Los mojones parecían pequeñas bestias tímidas que se desvanecían al acercarnos. De repente, en una curva de la carretera, vimos un vórtice de humo. Era el Northern Express. Durante un kilómetro, fue una lucha, codo con codo, pero una lucha desigual en la que la cuestión era segura. Ganamos la carrera por veinte cuerpos.

En tres segundos estábamos en el andén ante los vagones de segunda clase. Se abrieron las puertas y bajaron algunos pasajeros, pero no mi ladrón. Hicimos una búsqueda en los compartimentos. Ni rastro de Arsène Lupin.

"¡Caramba!" grité, "debe haberme reconocido en el automóvil mientras corríamos, uno al lado del otro, y saltó del tren".

"¡Ah! ahí está, cruzando la vía".

Me lancé en su persecución, seguido por mis dos acólitos o, mejor dicho, seguido por uno de ellos, ya que el otro, Massol, demostró ser un corredor de excepcional velocidad y resistencia. En pocos instantes, había logrado un apreciable avance sobre el fugitivo. El hombre se dio cuenta, saltó un seto, corrió por un prado y entró en un espeso bosquecillo. Al llegar a esta arboleda, Massol nos esperaba. No fue más lejos, por miedo a perdernos.

"Muy bien, mi querido amigo", le dije. "Después de semejante carrera, nuestra víctima debe estar sin viento. Lo alcanzaremos ahora".

Examiné los alrededores con la idea de proceder solo a la detención del fugitivo, para recuperar mis papeles, respecto a los cuales las autoridades harían sin duda muchas preguntas desagradables. Luego volví a mis compañeros, y dije:

"Todo es muy fácil. Tú, Massol, ponte a la izquierda; tú, Delivet, a la derecha. Desde allí podréis observar toda la línea posterior de la maleza, y él no podrá escapar sin que lo veáis, salvo por ese barranco, y yo lo vigilaré. Si no sale voluntariamente, entraré y lo expulsaré hacia uno u otro de vosotros. Sólo tenéis que esperar. ¡Ah! Me olvidaba: en caso de que te necesite, un tiro de pistola".

Massol y Delivet se alejaron hacia sus respectivos puestos. En cuanto desaparecieron, entré en la arboleda con la mayor precaución para no ser visto ni oído. Encontré densos matorrales, a través de los cuales se habían cortado estrechos senderos, pero las ramas colgantes me obligaron a adoptar una postura encorvada. Uno de estos senderos conducía a un claro en el que encontré unas pisadas sobre la hierba húmeda. Las seguí y me condujeron al pie de un montículo que estaba coronado por una casucha abandonada y en mal estado.

"Debe estar allí", me dije. "Es un refugio bien elegido".

Me arrastré cautelosamente hacia el lado del edificio. Un ligero ruido me informó de que estaba allí; y, entonces, a través de una abertura, lo vi. Estaba de espaldas a mí. En dos pasos, estaba sobre él. Intentó disparar un revólver que tenía en la mano. Pero no tuvo tiempo. Lo tiré al suelo, de tal manera que sus brazos quedaron debajo de él, retorcidos e indefensos, mientras yo lo sujetaba con mi rodilla sobre su pecho.

"Escucha, muchacho", le susurré al oído. "Soy Arsène Lupin. Tienes que entregarme, inmediatamente y con gracia, mi cartera y las joyas de la señora, y, a cambio, te salvaré de la policía y te inscribiré entre mis amigos. Una palabra: ¿sí o no?"

"Sí", murmuró.

"Muy bien. Tu fuga, esta mañana, fue bien planeada. Te felicito".

Me levanté. Buscó en su bolsillo, sacó un gran cuchillo e intentó golpearme con él.

"¡Imbécil!" exclamé.

Con una mano evité el ataque y con la otra le di un fuerte golpe en la carótida. Cayó aturdido.

En mi cartera, recuperé mis papeles y billetes. Por curiosidad, cogí los suyos. En un sobre, dirigido a él, leí su nombre: Pierre Onfrey. Me sorprendió. ¡Pierre Onfrey, el asesino de la calle Lafontaine en Auteuil! Pierre Onfrey, el que había degollado a Madame Delbois y a sus dos hijas. Me incliné sobre él. Sí, aquellos eran los rasgos que, en el compartimento, habían evocado en mí el recuerdo de un rostro que entonces no podía recordar.

Pero el tiempo pasaba. Puse en un sobre dos billetes de cien francos cada uno, con una tarjeta que llevaba estas palabras: "Arsène Lupin a sus dignos colegas Honoré Massol y Gaston Delivet, como ligera muestra de su gratitud". La coloqué en un lugar destacado de la habitación, donde seguramente la encontrarían. Junto a él, coloqué el bolso de Madame Renaud. ¿Por qué no podía devolvérselo a la dama que se había hecho amiga mía? Debo confesar que había sacado de él todo lo que poseía algún interés o valor, dejando allí sólo un peine de concha, una barra de colorete Dorin para los labios y un monedero vacío. Pero, ya saben, los negocios son los negocios. Y entonces, realmente, ¡su marido se dedica a una vocación tan deshonrosa!

El hombre estaba tomando conciencia. ¿Qué podía hacer yo? No podía salvarle ni condenarle. Así que tomé su revólver y disparé un tiro al aire.

"Mis dos acólitos vendrán a ocuparse de su caso", me dije, mientras me alejaba a toda prisa por el camino del barranco. Veinte minutos después, estaba sentado en mi automóvil.

A las cuatro, telegrafié a mis amigos de Rouen que un acontecimiento inesperado me impediría realizar la visita prometida. Entre nosotros, teniendo en cuenta lo que mis amigos deben saber ahora, mi visita se pospone indefinidamente. ¡Una cruel desilusión para ellos!

A las seis de la tarde estaba en París. Los periódicos de la tarde me informaron que Pierre Onfrey había sido capturado por fin.

Al día siguiente -no despreciemos las ventajas de una publicidad juiciosa- el "Echo de France" publicó esta sensacional noticia:

"Ayer, cerca de Buchy, después de numerosos y emocionantes incidentes, Arsène Lupin logró el arresto de Pierre Onfrey. El asesino de la calle Lafontaine había robado a Madame Renaud, esposa del director del servicio penitenciario, en un vagón de la línea París-Havre. Arsène Lupin devolvió a Madame Renaud la bolsa de mano que contenía sus joyas, y dio una generosa recompensa a los dos detectives que le habían ayudado a realizar aquella dramática detención."

V.   El collar de la reina

Dos o tres veces al año, en ocasiones de inusitada importancia, como los bailes de la Embajada de Austria o las veladas de Lady Billingstone, la Condesa de Dreux-Soubise llevaba sobre sus blancos hombros "El Collar de la Reina".

Era, en efecto, el famoso collar, el legendario collar que Bohmer y Bassenge, que joyeros de la corte habían hecho para Madame Du Barry; el verdadero collar que el cardenal de Rohan-Soubise pretendía regalar a María Antonieta, reina de Francia; y el mismo que la aventurera Jeanne de Valois, condesa de la Motte, había hecho pedazos una noche de febrero de 1785, con la ayuda de su marido y de su cómplice, Rétaux de Villette.

A decir verdad, sólo el montaje era auténtico. Rétaux de Villette la había conservado, mientras que el conde de la Motte y su esposa esparcían a los cuatro vientos las hermosas piedras tan cuidadosamente elegidas por Bohmer. Más tarde, Motte vendió el montaje a Gaston de Dreux-Soubise, sobrino y heredero del cardenal, que volvió a comprar los pocos diamantes que quedaban en poder del joyero inglés Jeffreys; los completó con otras piedras del mismo tamaño, pero de calidad muy inferior, y así devolvió el maravilloso collar a la forma en que había salido de las manos de Bohmer y Bassenge.

Durante casi un siglo, la casa de Dreux-Soubise se había enorgullecido de poseer esta joya histórica. Aunque las circunstancias adversas habían reducido mucho su fortuna, preferían reducir los gastos de la casa antes que desprenderse de esta reliquia de la realeza. Más concretamente, el actual conde se aferraba a ella como un hombre se aferra a la casa de sus antepasados. Por prudencia, había alquilado una caja de seguridad en el Crédit Lyonnais para guardarla. La tarde del día en que su esposa deseaba llevarlo, fue a buscarlo él mismo y lo devolvió a la mañana siguiente.

Esta noche, en la recepción ofrecida en el Palacio de Castilla, la Condesa obtuvo un éxito notable, y el rey Christian, en cuyo honor se celebró la fiesta, comentó su gracia y belleza. Las mil facetas del diamante brillaban y resplandecían como llamas de fuego alrededor de su torneado cuello y hombros, y se puede decir que nadie más que ella podría haber soportado el peso de semejante ornamento con tanta facilidad y gracia.

Fue un doble triunfo, y el conde de Dreux se sintió muy satisfecho cuando regresaron a su habitación en la vieja casa del Faubourg Saint-Germain. Estaba orgulloso de su esposa, y quizá también del collar que había dado más brillo a su noble casa durante generaciones. Su mujer también consideraba el collar con una vanidad casi infantil, y no sin pesar se lo quitó de los hombros y se lo entregó a su marido, que lo admiró con tanta pasión como si no lo hubiera visto nunca. Luego, tras colocarlo en su estuche de cuero rojo, estampado con las armas del Cardenal, pasó a una habitación contigua que no era más que una alcoba que se había separado de su recámara, y a la que sólo se podía entrar por medio de una puerta a los pies de su cama. Como había hecho en ocasiones anteriores, lo escondió en un estante alto entre cajas de sombreros y montones de ropa blanca. Cerró la puerta y se retiró.

A la mañana siguiente, se levantó sobre las nueve, con la intención de ir al Crédit Lyonnais antes del desayuno. Se vistió, bebió una taza de café y se dirigió a los establos para dar sus órdenes. El estado de uno de los caballos le preocupaba. Hizo que se ejercitara en su presencia. Luego volvió con su esposa, que aún no había salido de la habitación. Su criada se estaba arreglando el pelo. Cuando su marido entró, ella preguntó:

"¿Vas a salir?"

"Sí, hasta el banco".

"Por supuesto. Eso es prudente".

Entró en el gabinete; pero, después de unos segundos, y sin ninguna señal de asombro, preguntó:

"¿Lo has cogido, querida?"

"¿Qué? No, no he cogido nada".

"Lo habrás movido".

"En absoluto. Ni siquiera he abierto la puerta".

Apareció en la puerta, desconcertado, y tartamudeó, con voz apenas inteligible:

"No has... ¿No eras tú?... Entonces..."

Ella se apresuró a socorrerlo y, juntos, hicieron una búsqueda minuciosa, tirando las cajas al suelo y volcando los montones de ropa blanca. Entonces el conde dijo, bastante desanimado:

"Es inútil seguir buscando. Lo he puesto aquí, en esta estantería".

"Debes estar equivocado".

"No, no, estaba en este estante... en ningún otro lugar".

Encendieron una vela, ya que la habitación estaba bastante oscura, y luego sacaron toda la ropa blanca y otros artículos que contenía la habitación. Y, cuando la habitación estuvo vacía, confesaron, desesperados, que el famoso collar había desaparecido. Sin perder tiempo en vanos lamentos, la condesa avisó al comisario de policía, Monsieur Valorbe, que acudió de inmediato y, tras escuchar su historia, preguntó al conde:

"¿Está usted seguro de que nadie pasó por su cámara durante la noche?"

"Absolutamente seguro, ya que tengo un sueño muy ligero. Además, la puerta de la habitación estaba cerrada con llave, y recuerdo haberla descerrajado esta mañana cuando mi esposa llamó a su criada."

"¿Y no hay ninguna otra entrada al gabinete?"

"Ninguna".

"¿No hay ventana?"

"Sí, pero está cerrada".

"Lo miraré".

Se encendieron velas y Monsieur Valorbe observó enseguida que la mitad inferior de la ventana estaba cubierta por un gran prensado que, sin embargo, era tan estrecho que no tocaba el batiente de ningún lado.

"¿A qué da esta ventana?"

"A un pequeño patio interior".

"¿Y tiene un piso por encima de éste?"

"Dos; pero, a la altura del piso de la servidumbre, hay una reja cerrada sobre el patio. Por eso esta habitación es tan oscura".

Al mover la prensa, comprobaron que la ventana estaba cerrada, lo que no habría ocurrido si alguien hubiera entrado por allí.

"A no ser", dijo el conde, "que hayan salido por nuestra recámara".

"En ese caso, habrían encontrado la puerta sin cerrojo".

El comisario consideró la situación por un momento, y luego preguntó a la condesa:

"¿Sabía alguno de sus sirvientes que usted llevaba el collar la pasada noche?"

"Ciertamente; no oculté el hecho. Pero nadie sabía que estaba escondido en ese armario".

"¿Nadie?"

"Nadie... a menos que..."

"Esté bien segura, señora, ya que es un punto muy importante".

Se volvió hacia su marido, y dijo:

"Estaba pensando en Henriette."

"¿Henriette? Ella no sabía dónde la guardábamos".

"¿Estás seguro?"

"¿Quién es esa mujer, Henriette?", preguntó Monsieur Valorbe.

"Una compañera de colegio, que fue repudiada por su familia por casarse por debajo de ella. Después de la muerte de su marido, amueblé un apartamento en esta casa para ella y su hijo. Es hábil con la aguja y ha hecho algunos trabajos para mí".

"¿En qué piso está?"

"El mismo que el nuestro... al final del pasillo... y creo... la ventana de su cocina..."

"Da a este pequeño patio, ¿no es así?"

"Sí, justo enfrente del nuestro".

Monsieur Valorbe pidió entonces ver a Henriette. Fueron a su apartamento; ella estaba cosiendo, mientras su hijo Raoul, de unos seis años, estaba sentado a su lado, leyendo. El comisario se sorprendió al ver el miserable apartamento que le habían proporcionado a la mujer. Constaba de una habitación sin chimenea, y de un cuarto muy pequeño que servía de cocina. El comisario procedió a interrogarla. Parecía abrumada al enterarse del robo. La noche anterior había vestido ella misma a la condesa y le había colocado el collar sobre los hombros.

"¡Dios mío!", exclamó, "¡no puede ser posible!".

"¿Y no tienes ni idea? ¿Ni la menor sospecha? ¿Es posible que el ladrón haya pasado por su habitación?"

Ella se rio con ganas, pues nunca supuso que pudiera ser objeto de sospecha.

"Pero no he salido de mi habitación. Nunca salgo. ¿Y, tal vez, no lo has visto?"

Abrió la ventana de la cocina y dijo:

"Mira, hay por lo menos tres metros hasta la cornisa de la ventana de enfrente."
"¿Quién le dijo que suponíamos que el robo podría haberse cometido de esa manera?"

"Pero... el collar estaba en el armario, ¿no es así?"

"¿Cómo lo sabes?"

"Porque siempre he sabido que se guardaba allí por la noche. Lo habían mencionado en mi presencia".

Su rostro, aunque todavía joven, mostraba huellas inconfundibles de dolor y resignación. Y ahora adoptó una expresión de ansiedad, como si algún peligro la amenazara. Atrajo a su hijo hacia ella. El niño le cogió la mano y se la besó cariñosamente.

Cuando volvieron a estar solos, el conde le dijo al comisario:

"Supongo que no sospecha de Henriette. Puedo responder por ella. Ella es la honestidad misma".

"Estoy muy de acuerdo con usted", respondió Monsieur Valorbe. "A lo sumo, pensé que podía haber una complicidad inconsciente. Pero confieso que incluso esa teoría debe ser abandonada, ya que no ayuda a resolver el problema que ahora tenemos ante nosotros."

El comisario de policía abandonó la investigación, que ahora retomó y completó el juez de instrucción. Interrogó a los criados, examinó el estado del cerrojo, experimentó con la apertura y el cierre de la ventana del armario y exploró el pequeño patio de arriba abajo. Todo fue en vano. El cerrojo estaba intacto. La ventana no podía abrirse ni cerrarse desde el exterior. Las pesquisas se referían especialmente a Henriette, pues, a pesar de todo, siempre se dirigían hacia ella. Hicieron una investigación minuciosa de su vida pasada, y comprobaron que, durante los últimos tres años, sólo había salido de la casa cuatro veces, y sus asuntos, en esas ocasiones, se explicaban satisfactoriamente. De hecho, actuaba como camarera y costurera de la condesa, que la trataba con gran rigor e incluso severidad.

Al cabo de una semana, el juez de instrucción no había conseguido más información concreta que el comisario de policía. El juez dijo:

"Admitiendo que conozcamos al culpable, que no lo conocemos, nos enfrentamos al hecho de que no sabemos cómo se cometió el robo. Nos enfrentamos a dos obstáculos: una puerta y una ventana, ambas cerradas y sujetas. Se trata, pues, de un doble misterio. ¿Cómo pudo entrar alguien y, además, cómo pudo escapar alguien dejando tras de sí una puerta y una ventana cerradas?"

Al cabo de cuatro meses, la opinión secreta del juez era que el conde y la condesa, al estar muy presionados por el dinero, que era su condición normal, habían vendido el Collar de la Reina. Cerró la investigación.

La pérdida de la famosa joya fue un duro golpe para los Dreux-Soubise. Como su crédito ya no estaba respaldado por el fondo de reserva que constituía ese tesoro, se vieron enfrentados a acreedores y prestamistas más exigentes. Se vieron obligados a recortar al máximo, a vender o hipotecar todos los artículos que poseían algún valor comercial. En resumen, habría sido su ruina, si dos grandes legados de algunos parientes lejanos no los hubieran salvado.

Su orgullo también sufrió una caída, como si hubieran perdido un cuartel de su escudo. Y, por extraño que parezca, fue contra su antigua compañera de colegio, Henriette, contra quien la condesa descargó su ira. Hacia ella, la condesa mostró los sentimientos más rencorosos, e incluso la acusó abiertamente. Primero, Henriette fue relegada a las dependencias del servicio y, al día siguiente, despedida.

Durante algún tiempo, el conde y la condesa pasaron una vida sin sobresaltos. Viajaron mucho. Durante ese período sólo se produjo un incidente digno de mención. Algunos meses después de la partida de Henriette, la condesa se sorprendió cuando recibió y leyó la siguiente carta, firmada por Henriette:

"Madame,"

"No sé cómo agradecérselo; porque fue usted, ¿no es cierto? ¿Quién me envió eso? No podía ser otra persona. Nadie más que usted sabe dónde vivo. Si me equivoco, discúlpeme, y acepte mi sincero agradecimiento por sus pasados favores..."

¿Qué significaba la carta? Los favores presentes o pasados de la condesa consistían principalmente en injusticias y descuidos. ¿Por qué, entonces, esta carta de agradecimiento?

Cuando se le pidió una explicación, Henriette respondió que había recibido una carta, a través del correo, que incluía dos billetes de mil francos cada uno. El sobre, que adjuntó a su respuesta, llevaba el matasellos de París, y la dirección estaba escrita con una letra evidentemente disfrazada. Ahora bien, ¿de dónde venían esos dos mil francos? ¿Quién los había enviado? ¿Y por qué los habían enviado?

Henriette recibió una carta similar y una suma de dinero parecida doce meses después. Y una tercera vez; y una cuarta; y cada año durante un período de seis años, con la diferencia de que en el quinto y sexto año la suma se duplicaba. Había otra diferencia: las autoridades de correos habían confiscado una de las cartas bajo el pretexto de que no estaba registrada, las dos últimas cartas fueron debidamente enviadas según las normas postales, la primera fechada en Saint-Germain, la otra en Suresnes. El escritor firmó la primera, "Anquety"; y la otra, "Péchard". Las direcciones que dio eran falsas.

Al cabo de seis años, Henriette murió, y el misterio quedó sin resolver.

* * *

Todos estos hechos son conocidos por el público. El caso fue uno de los que excitan el interés público, y fue una extraña coincidencia que este collar, que había causado una conmoción tan grande en Francia a finales del siglo XVIII, creara una conmoción similar un siglo después. Pero lo que voy a relatar sólo lo conocen las partes directamente interesadas y algunas otras a las que el conde exigió una promesa de secreto. Como es probable que algún día se rompa esa promesa, no dudo en rasgar el velo y desvelar así la clave del misterio, la explicación de la carta publicada en los periódicos de la mañana hace dos días; una carta extraordinaria que aumentó, si cabe, las brumas y sombras que envuelven este inescrutable drama.

Hace cinco días, varios invitados cenaban con el conde de Dreux-Soubise. Estaban presentes varias damas, entre ellas sus dos sobrinas y su prima, y los siguientes caballeros: el presidente de Essaville, el diputado Bochas, el chevalier Floriani, a quien el conde había conocido en Sicilia, y el general marqués de Rouzières, y viejo amigo del club.

Tras el banquete, las damas sirvieron café y dieron permiso a los caballeros para fumar sus cigarrillos, siempre que no abandonaran el salón. La conversación fue general, y finalmente uno de los invitados habló por casualidad de crímenes célebres.

Esto dio al marqués de Rouzières, que se complacía en burlarse del conde, la oportunidad de mencionar el asunto del collar de la reina, un tema que el conde detestaba.

Cada uno expresó su propia opinión sobre el asunto; y, por supuesto, sus diversas teorías no sólo eran contradictorias sino imposibles.

"Y usted, *Monsieur*", dijo la condesa al chevalier Floriani, "¿cuál es su opinión?".

"¡Oh! Yo... no tengo ninguna opinión, *Madame*".

Todos los invitados protestaron, pues el caballero acababa de relatar de forma amena varias aventuras en las que había participado con su padre, magistrado en Palermo, y que establecían su juicio y gusto en tales maneras.

"Confieso -dijo- que a veces he logrado desentrañar misterios a los que han renunciado los detectives más inteligentes; sin embargo, no pretendo ser Herlock Sholmès. Además, sé muy poco sobre el asunto del Collar de la Reina".

Todo el mundo se dirigió ahora al conde, que se vio así obligado, de muy mala gana, a narrar todas las circunstancias relacionadas con el robo. El caballero escuchó, reflexionó, hizo algunas preguntas y dijo:

"Es muy extraño... a primera vista, el problema parece muy sencillo".

El conde se encogió de hombros. Los demás se acercaron al caballero, que continuó, en tono dogmático:

"Por regla general, para encontrar al autor de un crimen o de un robo, es necesario determinar cómo se cometió ese crimen o ese robo o, al menos, cómo pudo cometerse. En el presente caso, nada es más sencillo, porque nos enfrentamos, no a varias teorías, sino a un hecho positivo, es decir: el ladrón sólo pudo entrar por la puerta de la cámara o por la ventana del armario. Ahora bien, una persona no puede abrir una puerta con cerrojo desde el exterior. Por lo tanto, debe haber entrado por la ventana".

"Pero estaba cerrada y sujeta, y la encontramos sujeta después", declaró el conde.

"Para ello", continuó Floriani, sin hacer caso a la interrupción, "simplemente tuvo que construir un puente, un tablón o una escalera, entre el balcón de la cocina y el alféizar de la ventana, y como el joyero..."

"Pero repito que la ventana estaba sujeta", exclamó el conde, impaciente.

Esta vez, Floriani se vio obligado a responder. Lo hizo con la mayor tranquilidad, como si la objeción fuera el asunto más insignificante del mundo.

"Admitiré que sí; pero ¿no hay un travesaño en la parte superior de la ventana?".

"¿Cómo lo sabe?"

"En primer lugar, eso era habitual en las casas de esa fecha; y, en segundo lugar, sin ese travesaño, no se puede explicar el robo".

"Sí, hay uno, pero estaba cerrado, igual que la ventana. En consecuencia, no nos fijamos en él".

"Eso fue un error; porque, si lo hubierais examinado, habríais encontrado que había sido abierto".

"Pero, ¿cómo?"

"Supongo que, como todas las demás, se abre por medio de un cable con una anilla en el extremo inferior".

"Sí, pero no veo..."

"Ahora, a través de un agujero en la ventana, una persona podría, con la ayuda de algún instrumento, digamos un atizador con un gancho en el extremo, agarrar la anilla, tirar hacia abajo y abrir el travesaño".

El conde se rio y dijo:

"¡Excelente! ¡Excelente! Su esquema está muy inteligentemente construido, pero pasa usted por alto una cosa, *Monsieur*, no hay ningún agujero en la ventana."

"Había un agujero".

"Tonterías, lo habríamos visto".

"Para verlo, hay que buscarlo, y nadie lo ha buscado. El agujero está ahí; debe estar ahí, al lado de la ventana, en la masilla. En dirección vertical, por supuesto".

El conde se levantó. Estaba muy excitado. Dio dos o tres vueltas por la habitación, nervioso, y luego, acercándose a Floriani, dijo:

"Nadie ha estado en esa habitación desde entonces; no se ha cambiado nada".

"Muy bien, *Monsieur*, puede convencerse fácilmente de que mi explicación es correcta".

"No concuerda con los hechos establecidos por el juez de instrucción. Usted no ha visto nada, y sin embargo contradice todo lo que hemos visto y todo lo que sabemos."

Floriani no prestó atención a la petulancia del conde. Simplemente sonrió y dijo:

"*Mon Dieu, Monsieur*, presento mi teoría; eso es todo. Si me equivoco, puede demostrarlo fácilmente".

"Lo haré de inmediato... Confieso que su seguridad..."

El conde murmuró algunas palabras más; luego, de repente, se precipitó hacia la puerta y salió. No se pronunció ni una palabra en su ausencia; y este profundo silencio dio a la situación un aire de importancia casi trágica. Finalmente, el conde regresó. Estaba pálido y nervioso. Dijo a sus amigos, con voz temblorosa:

"Os pido perdón... las revelaciones del caballero han sido tan inesperadas... nunca hubiera pensado..."

Su mujer le interrogó, ansiosa:

"Habla... ¿de qué se trata?"

Él tartamudeó: "El agujero está ahí, en el mismo lugar, al lado de la ventana..."

Agarró el brazo del caballero y le dijo en tono imperioso:

"Ahora, *Monsieur*, proceda. Reconozco que tiene usted razón hasta ahora, pero ahora... eso no es todo... continúe... cuéntenos el resto".

Floriani le soltó el brazo con suavidad y, tras un momento, continuó:

"Bueno, en mi opinión, esto es lo que sucedió. El ladrón, sabiendo que la condesa iba a llevar el collar esa noche, había preparado su pasarela o puente durante tu ausencia. Los observó a través de la ventana y lo vio esconder el collar. Después, cortó el cristal y sacó el anillo". "¡Ah! pero la distancia era tan grande que le sería imposible alcanzar el cierre de la ventana a través del travesaño".

"Bien, entonces, si no pudo abrir la ventana alcanzando el travesaño, debió arrastrarse a través del travesaño".

"Imposible; es demasiado pequeño. Ningún hombre podría arrastrarse a través de él".

"Entonces no fue un hombre", declaró Floriani.

"¡Qué!"

"Si el travesaño es demasiado pequeño para admitir a un hombre, debe haber sido un niño".

"¡Un niño!"

"¿No has dicho que tu amiga Henriette tenía un hijo?"

"Sí; un hijo llamado Raoul".

"Entonces, con toda probabilidad, fue Raoul quien cometió el robo".

"¿Qué pruebas tiene de eso?"

"¡Qué pruebas! Muchas: ... Por ejemplo..."

Se detuvo, reflexionó un momento y continuó:

"Por ejemplo, esa pasarela o puente. Es improbable que el niño haya podido traerlo desde fuera de la casa y llevárselo de nuevo sin ser observado. Debió de utilizar algo que tuviera a mano. En la pequeña habitación que utilizaba Henriette como cocina, ¿no había algunos estantes contra la pared en los que colocaba sus sartenes y platos?"

"Dos estantes, según mi memoria".

"¿Está usted seguro de que esos estantes están realmente sujetos a los soportes de madera que los sostienen? Porque, si no lo están, podríamos suponer que el niño los quitó, los sujetó juntos y así formó su puente. Tal vez, también, ya que había una estufa, podríamos encontrar el atizador doblado que utilizó para abrir el travesaño."

Sin decir una palabra, el conde salió de la habitación; y, esta vez, los presentes no sintieron la nerviosa ansiedad que habían experimentado la primera vez. Estaban seguros de que Floriani tenía razón, y nadie se sorprendió cuando el conde regresó y declaró:

"Era el niño. Todo lo demuestra".

"¿Ha visto las estanterías y el atizador?"

"Sí. Los estantes han sido desclavados, y el atizador aún está allí".

Pero la condesa exclamó:

"Es mejor que diga que fue su madre. Henriette es la culpable. Ella debe haber obligado a su hijo..."

"No", declaró el caballero, "la madre no tuvo nada que ver".

"¡Tonterías! Ocupaban la misma habitación. El niño no podría haberlo hecho sin el conocimiento de la madre".

"Cierto, vivían en la misma habitación, pero todo esto ocurrió en la habitación contigua, durante la noche, mientras la madre dormía".

"¿Y el collar?", dijo el conde. "Se habría encontrado entre las cosas del niño".

"¡Perdón! Había estado fuera. Aquella mañana, en la que usted lo encontró leyendo, acababa de llegar de la escuela, y tal vez el comisario de policía, en lugar de perder su tiempo con la inocente madre, habría estado mejor empleado en buscar el escritorio del niño entre sus libros de texto."

"Pero ¿cómo se explican esos dos mil francos que recibía Henriette cada año? ¿No son una prueba de su complicidad?"

"Si hubiera sido cómplice, ¿le habría agradecido ese dinero? Y entonces, ¿no fue vigilada de cerca? Pero el niño, al ser libre, podía ir fácilmente a una ciudad vecina, negociar con algún comerciante y venderle un diamante o dos diamantes, según quisiera, con la condición de que el dinero fuera enviado desde París, y ese procedimiento podía repetirse de año en año."

Una ansiedad indescriptible oprimía a los Dreux-Soubise y a sus invitados. Había algo en el tono y en la actitud de Floriani... algo más que la seguridad del caballero que, desde el principio, había molestado tanto al conde. Había un toque de ironía, que parecía más bien hostil que simpático. Pero el conde pareció reírse, mientras decía:

"Todo eso es muy ingenioso e interesante, y le felicito por su vívida imaginación".

"No, en absoluto -respondió Floriani, con la mayor gravedad-, no imagino nada. Simplemente describo los hechos tal y como debieron ocurrir".

"¿Qué sabe usted de ellos?"

"Lo que usted mismo me ha dicho. Me imagino la vida de la madre y el niño allí en el campo; la enfermedad de la madre, los planes e invenciones del niño para vender las piedras preciosas con el fin de salvar la vida de su madre, o, al menos, aliviar sus momentos de agonía. Su enfermedad la vence. Ella muere. Los años pasan. El niño se convierte en hombre; y entonces -y ahora daré rienda suelta a mi imaginación- supongamos que el hombre siente el deseo de volver al hogar de su infancia, que lo hace, y que encuentra allí a ciertas personas que sospechan y acusan a su madre... ¿se dan cuenta de la pena y la angustia de tal entrevista en la misma casa donde se representó el drama original?"

Sus palabras parecieron resonar durante unos segundos en el silencio que siguió, y en los rostros del conde y de la condesa de Dreux se podía leer un esfuerzo desconcertante por comprender su significado y, al mismo tiempo, el miedo y la angustia de tal comprensión. El conde habló por fin y dijo:

"¿Quién es usted, Monsieur?"

"Chevalier Floriani, al que conoció en Palermo, y al que ha tenido la gentileza de invitar a su casa en varias ocasiones."

"Entonces, ¿qué significa esta historia?"

"¡Oh! ¡nada en absoluto! Es simplemente un pasatiempo, por lo que a mí respecta. Me esfuerzo por describir el placer que el hijo de Henriette, si aún vive, tendría al contarle que él fue el culpable, y que lo hizo porque su madre era infeliz, ya que estaba a punto de perder el puesto de sirvienta a..., del que vivía, y porque el niño sufría al ver la pena de su madre."

Habló con emoción reprimida, se levantó parcialmente y se inclinó hacia la condesa. No cabía duda de que el caballero Floriani era hijo de Henriette. Su actitud y sus palabras lo proclamaban. Además, ¿no era su evidente intención y deseo ser reconocido como tal?

El conde dudó. ¿Qué medidas tomaría contra el audaz invitado? ¿Anillo? ¿Provocar un escándalo? ¿Desenmascarar al hombre que una vez le había robado? Pero eso fue hace mucho tiempo. ¿Y quién iba a creer esa absurda historia del niño culpable? No, mejor aceptar la situación y fingir que no comprendía su verdadero significado. Entonces el conde, volviéndose hacia Floriani, exclamó:

"Su historia es muy curiosa, muy entretenida; me ha gustado mucho. ¿Qué crees que ha sido de este joven, de este hijo modelo? Espero que no haya abandonado la carrera en la que debutó tan brillantemente".

"¡Oh! ciertamente no".

¡Después de semejante debut! Robar el Collar de la Reina a los seis años; ¡el célebre collar que fue codiciado por María Antonieta!"

"Y robarlo", observó Floriani, entrando en el estado de ánimo del conde, "sin que le costara la más mínima molestia, sin que a nadie se le ocurriera examinar el estado de la ventana, ni observar que el alféizar estaba demasiado limpio; ese alféizar que había limpiado para borrar las marcas que había hecho en el espeso polvo. Debemos admitir que era suficiente para hacer girar la cabeza de un niño de esa edad. Era todo tan fácil. Sólo tenía que desear la cosa y extender la mano para conseguirla".

"Y extendió la mano".

"Las dos manos", respondió el caballero, riendo.

Sus compañeros recibieron un golpe. ¿Qué misterio rodeaba la vida del llamado Floriani? ¡Qué maravillosa debía ser la vida de aquel aventurero, ladrón a los seis años, y que hoy, en busca de emociones o, a lo sumo, para gratificar un sentimiento de resentimiento, había venido a desafiar a su víctima en su propia casa, audazmente, tontamente y, sin embargo, con toda la gracia y la delicadeza de un invitado cortés!

Se levantó y se acercó a la condesa para decirle adiós. Ella retrocedió, inconscientemente. Él sonrió.

"¡Oh, señora, me tiene miedo! ¿He seguido mi papel de mago de salón un paso más allá"?

Ella se controló y respondió, con su acostumbrada facilidad:

"En absoluto, *Monsieur*. La leyenda de ese hijo obediente me interesó mucho, y me complace saber que mi collar tuvo un destino tan brillante. Pero ¿no cree usted que el hijo de esa mujer, esa Henriette, fue víctima de la influencia hereditaria en la elección de su vocación?"

Se estremeció, sintiendo el punto, y respondió:

"Estoy seguro de ello; y, además, su tendencia natural al crimen debió de ser muy fuerte o se habría desanimado".

"¿Por qué?"

"Porque, como debe saber, la mayoría de los diamantes eran falsos. Las únicas piedras auténticas eran las pocas compradas al joyero inglés, las demás habían sido vendidas, una a una, para satisfacer las crueles necesidades de la vida."

"Seguía siendo el Collar de la Reina, *Monsieur*", replicó la condesa, con altanería, "y eso es algo que él, el hijo de Henriette, no podía apreciar".

"Él pudo apreciar, *Madame*, que, ya sea verdadero o falso, el collar no era más que un objeto de desfile, un emblema de orgullo sin sentido".

El conde hizo un gesto amenazador, pero su esposa lo detuvo.

" Monsieur", dijo, "si el hombre al que usted alude tiene el más mínimo sentido del honor...".

Se detuvo, intimidada por la frialdad de Floriani.

"Si ese hombre tiene el más mínimo sentido del honor", repitió él.

Ella sintió que no ganaría nada hablándole de esa manera, y a pesar de su enojo e indignación, temblando como estaba de orgullo humillado, le dijo, casi cortésmente:

" *Monsieur*, la leyenda dice que Rétaux de Villette, cuando estuvo en posesión del Collar de la Reina, no desfiguró el montaje. Comprendió que los diamantes eran simplemente el adorno, el accesorio, y que la montura era la obra esencial, la creación del artista, y la respetó en consecuencia. ¿Cree usted que este hombre tenía el mismo sentimiento?"

"No tengo ninguna duda de que el montaje sigue existiendo. El niño lo respetaba".

"Pues bien, *Monsieur*, si se encuentra con él, dígale que se queda injustamente con una reliquia que es propiedad y orgullo de cierta familia, y que, aunque las piedras hayan sido retiradas, el collar de la reina sigue perteneciendo a la casa de Dreux-Soubise. Nos pertenece tanto como nuestro nombre o nuestro honor".

El caballero respondió, simplemente:

"Se lo diré, *Madame*".

Se inclinó ante ella, saludó al conde y a los demás invitados, y se marchó.

* * *

Cuatro días después, la condesa de Dreux encontró sobre la mesa de su habitación un estuche de cuero rojo con las armas del cardenal. Lo abrió y encontró el Collar de la Reina.

Pero como todas las cosas, en la vida de un hombre que lucha por la unidad y la lógica, deben converger hacia el mismo objetivo -y como un poco de publicidad nunca hace daño- al día siguiente, el "Echo de France" publicó estas sensacionales líneas:

"El Collar de la Reina, la famosa joya histórica robada a la familia de Dreux-Soubise, ha sido recuperada por Arsène Lupin, que se apresuró a devolverla a su legítimo propietario. No podemos elogiar demasiado un acto tan delicado y caballeroso".

VI. El siete de corazones

Surge una pregunta, que se me ha planteado a menudo:

¿Cómo conocí a Arsène Lupin?

Nadie duda de que lo conozco. Los detalles que he acumulado sobre este hombre desconcertante, los hechos irrefutables que he expuesto, las nuevas pruebas que he aportado, la interpretación que he dado de ciertos actos de los que sólo habíamos visto las manifestaciones externas sin penetrar en las razones secretas ni en el mecanismo invisible, todo ello demuestra, si no una intimidad (que la propia existencia de Lupin haría imposible), al menos una relación amistosa y de confidencialidad.

Pero, ¿cómo lo conocí? ¿De dónde saqué el favor de ser su historiador? ¿Por qué yo y no otro?

La respuesta es fácil: el azar ha presidido una elección en la que no han intervenido mis méritos. Fue la casualidad la que me puso en su camino. Fue por casualidad que me vi envuelto en una de sus más extrañas y misteriosas aventuras. Por casualidad fui actor en un drama del que él era el maravilloso director, un drama oscuro y complejo, erizado de tales giros y vueltas que siento cierta vergüenza a la hora de emprender su narración.

El primer acto tiene lugar durante aquella memorable noche del 22 de junio, de la que tanto se ha hablado. Y, por mi parte, atribuyo la conducta anómala de la que fui culpable en aquella ocasión al inusual estado de ánimo en el que me encontraba al volver a casa. Había cenado con algunos amigos en el restaurante Cascade y, durante toda la velada, mientras fumábamos y la orquesta tocaba melancólicos valses, sólo hablábamos de crímenes y robos, y de oscuras y espantosas intrigas. Esa es siempre una pobre obertura para una noche de sueño.

Los Saint-Martin se fueron en un automóvil. Jean Daspry -ese Daspry encantador y despreocupado que, seis meses después fue asesinado de manera tan trágica en la frontera de Marruecos-, Jean Daspry y yo volvimos a pie a través de la noche oscura y cálida. Cuando llegamos frente a la casita en la que había vivido durante un año en Neuilly, en el bulevar Maillot, me dijo:

"¿Tienes miedo?"

"¡Qué idea!"

"Pero esta casa está tan aislada... no hay vecinos... lotes vacíos... En realidad, no soy un cobarde, y sin embargo..."

"Bueno, debo decir que eres muy animado".

"¡Oh! Lo digo como diría cualquier otra cosa. Los Saint-Martins me han impresionado con sus historias de bandidos y ladrones".

Nos dimos la mano y nos despedimos. Saqué mi llave y abrí la puerta.

"Qué bien", murmuré, "Antoine se ha olvidado de encender una vela".

Entonces recordé el hecho de que Antoine estaba fuera; le había dado un breve permiso para ausentarse. A continuación, me sentí desagradablemente oprimido por la oscuridad y el silencio de la noche. Subí las escaleras de puntillas y llegué a mi habitación lo más rápido posible; entonces, en contra de mi costumbre, giré la llave y empujé el cerrojo.

La luz de mi vela me devolvió el valor. Sin embargo, tuve cuidado de sacar mi revólver de su estuche -un arma grande y poderosa- y colocarlo al lado de mi cama. Esa precaución completó mi tranquilidad. Me acosté y, como de costumbre, tomé un libro de mi mesa de noche para leer hasta quedarme dormido. Entonces recibí una gran sorpresa. En lugar del cortapapeles con el que había marcado mi lugar en el anterior, encontré un sobre, cerrado con cinco sellos de cera roja. Lo cogí con avidez. Estaba dirigido a mí, y marcado: "Urgente".

¡Una carta! ¡Una carta dirigida a mí! ¿Quién podría haberla puesto en ese lugar? Nervioso, abrí el sobre y leí:

"Desde el momento en que abra esta carta, pase lo que pase, oiga lo que oiga, no se mueva, no emita un solo grito. De lo contrario, estás condenada".

No soy un cobarde, y, tan bien como otro, puedo afrontar el peligro real, o sonreír ante los peligros visionarios de la imaginación. Pero, repito, me encontraba en un estado de ánimo anómalo, con los nervios a flor de piel por los acontecimientos de la noche. Además, ¿no había en mi situación actual algo sorprendente y misterioso, calculado para perturbar el espíritu más valiente?

Mis dedos febriles aferraron la hoja de papel, y leí y releí aquellas palabras amenazadoras: "No te muevas, no emitas un solo grito. De lo contrario, estás condenada".

"¡Tonterías!" pensé. "Es una broma; la obra de algún idiota alegre".

Estaba a punto de reír, una buena carcajada. ¿Quién me lo impidió? ¿Qué inquietante miedo me comprimía la garganta?

Al menos, apagaría la vela. No, no podía hacerlo. "No te muevas, o estás condenado", eran las palabras que había escrito.

Estas autosugestiones son a menudo más imperiosas que las realidades más positivas; pero, ¿por qué habría de luchar contra ellas? Sólo tenía que cerrar los ojos. Así lo hice.

En ese momento, oí un ligero ruido, seguido de sonidos crepitantes, que procedían de una gran sala que yo utilizaba como biblioteca. Entre la biblioteca y mi dormitorio había una pequeña habitación o antesala.

La proximidad de un peligro real me excitó mucho, y sentí el deseo de levantarme, tomar mi revólver y correr a la biblioteca. No me levanté; vi moverse una de las cortinas de la ventana izquierda. No había duda: la cortina se había movido. Seguía moviéndose. Y vi - ¡oh! vi con toda claridad, en el estrecho espacio entre las cortinas y la ventana, una forma humana; una masa voluminosa que impedía que las cortinas colgaran rectas. Y es igualmente cierto que el hombre me vio a través de las grandes mallas de la cortina. Entonces, comprendí la situación. Su misión era vigilarme mientras los demás se llevaban su botín. ¿Debía levantarme y coger mi revólver? Imposible. Él estaba allí. Al menor movimiento, al menor grito, estaba condenado.

Entonces se produjo un ruido terrible que sacudió la casa; a éste le siguieron sonidos más ligeros, dos o tres juntos, como los de un martillo que rebota. Al menos, ésa fue la impresión que se formó en mi confuso cerebro. Estos se mezclaron con otros sonidos, creando así un verdadero alboroto que demostraba que los intrusos no sólo eran audaces, sino que se sentían seguros de no ser interrumpidos.

Tenían razón. No me moví. ¿Fue por cobardía? No, más bien debilidad, una incapacidad total para mover cualquier parte de mi cuerpo, combinada con la discreción; porque ¿por qué iba a luchar? Detrás de aquel hombre había otros diez que acudirían en su ayuda. ¿Debía arriesgar mi vida para salvar unos cuantos tapices y bibelots?

Durante toda la noche, mi tortura perduró. ¡Tortura insufrible, angustia terrible! Los ruidos habían cesado, pero yo temía constantemente que se renovaran. ¡Y el hombre! El hombre que me custodiaba, arma en mano. Mis ojos temerosos permanecían fijos en su dirección. Y mi corazón latía. ¡Y una profusa transpiración rezumaba por todos los poros de mi cuerpo!

De repente, experimenté un inmenso alivio; un carro lechero, cuyo sonido me era familiar, pasó por el bulevar; y, al mismo tiempo, tuve la impresión de que la luz de un nuevo día intentaba colarse por las persianas cerradas de las ventanas.

Por fin, la luz del día penetró en la habitación; otros vehículos pasaron por el bulevar; y todos los fantasmas de la noche se desvanecieron. Entonces saqué un brazo de la cama, lenta y cautelosamente. Mis ojos se fijaron en la cortina, localizando el punto exacto al que debía disparar; hice un cálculo exacto de los movimientos que debía hacer; luego, rápidamente, tomé mi revólver y disparé.

Salté de la cama con un grito de liberación y me precipité hacia la ventana. La bala había atravesado la cortina y el cristal de la ventana, pero no había tocado al hombre, por la buena razón de que no había ninguno. No había nadie. Así, durante toda la noche, había estado hipnotizado por un pliegue de la cortina. Y, durante ese tiempo, los malhechores…Furiosamente, con un entusiasmo que nada hubiera podido detener, giré la llave, abrí la puerta, crucé la antecámara, abrí otra puerta y me precipité en la biblioteca. Pero el asombro me detuvo en el umbral, jadeante, asombrado, más asombrado de lo que había estado por la ausencia del hombre. Todas las cosas que yo suponía robadas, muebles, libros, cuadros, tapices antiguos, todo estaba en su sitio.

Fue increíble. No podía creer lo que veían mis ojos. A pesar de ese alboroto, de esos ruidos de mudanza…. hice un recorrido, inspeccioné las paredes, hice un inventario mental de todos los objetos familiares. No faltaba nada. Y, lo que era más desconcertante, no había ninguna pista de los intrusos, ni una señal, ni una silla removida, ni el rastro de una pisada.

"¡Bueno! ¡Bueno!" me dije, apretando las manos sobre mi desconcertada cabeza, "¡seguro que no estoy loco! Oigo algo".

Pulgada a pulgada, hice un examen cuidadoso de la habitación. Fue en vano. A no ser que pudiera considerar esto como un descubrimiento: Debajo de una pequeña alfombra persa, encontré una carta… una carta de juego ordinaria. Era el siete de corazones; era como cualquier otro siete de corazones de los naipes franceses, con esta ligera pero curiosa excepción: La punta extrema de cada una de las siete manchas rojas o corazones estaba perforada por un agujero, redondo y regular, como hecho con la punta de un punzón.

Nada más. Una tarjeta y una carta encontradas en un libro. ¿Pero no era eso suficiente para afirmar que no había sido el juguete de un sueño?

* * *

A lo largo del día, continué mis búsquedas en la biblioteca. Era una habitación grande, demasiado grande para las necesidades de una casa como ésta, y cuya decoración atestiguaba el extraño gusto de su fundador. El suelo era un mosaico de piedras multicolores que formaban grandes diseños simétricos. Las paredes estaban cubiertas de un mosaico similar, dispuesto en paneles, alegorías pompeyanas, composiciones bizantinas, frescos de la Edad Media. Un Baco a lomos de un tonel. Un emperador que lleva una corona de oro, una barba abundante y una espada en la mano derecha.

En lo alto, al estilo del estudio de un artista, había una gran ventana, la única de la habitación. Como esa ventana estaba siempre abierta por la noche, era probable que los hombres hubieran entrado por ahí, con la ayuda de una escalera. Pero, de nuevo, no había pruebas. La parte inferior de la escalera habría dejado algunas marcas en la tierra blanda bajo la ventana, pero no había ninguna. Tampoco había rastros de pisadas en ninguna parte del patio.

No se me ocurrió informar a la policía, porque los hechos que tenía ante mí eran absurdos e inconsistentes. Se reirían de mí. Sin embargo, como entonces era reportero en la plantilla del "Gil Blas", escribí un extenso relato de mi aventura y se publicó en el periódico dos días después. El artículo atrajo cierta atención, pero nadie lo tomó en serio. Lo consideraron más una obra de ficción que una historia de la vida real. Los Saint-Martin me animaron. Pero Daspry, quien se interesaba por estos asuntos, vino a verme. Hizo un estudio del asunto, pero no llegó a ninguna conclusión.

Unos pocos días después, sonó el timbre y Antoine vino a informarme de que un caballero deseaba verme. No quiso dar su nombre. Le indiqué a Antoine que le hiciera pasar. Era un hombre de unos cuarenta años, de tez muy oscura, de rasgos vivos, y cuya vestimenta correcta, ligeramente deshilachada, proclamaba un gusto que contrastaba extrañamente con sus modales más bien vulgares. Sin ningún preámbulo, me dijo -con una voz áspera que confirmó mi sospecha sobre su posición social:

"Monsieur, mientras estaba en un café, cogí un ejemplar del 'Gil Blas', y leí su artículo. Me interesó mucho."

"Gracias".

"Y aquí estoy".

"¡Ah!"

"Sí, para hablar con usted. ¿Son correctos todos los hechos relatados por usted?"

"Absolutamente."

"Bueno, en ese caso, puedo, tal vez, darle alguna información".

"Muy bien; proceda".

"No, todavía no. Primero, debo estar seguro de que los hechos son exactamente como usted los ha relatado".

"Le he dado mi palabra. ¿Qué otra prueba quiere?"

"Debo quedarme solo en esta habitación".

"No entiendo", dije, con sorpresa.

"Es una idea que se me ocurrió al leer su artículo. Ciertos detalles establecían una extraordinaria coincidencia con otro caso que llegó a mis manos. Si me equivoco, no diré nada más. Y el único medio de averiguar la verdad es que me quede solo en la habitación".

¿Qué había en el fondo de esta propuesta? Más tarde, recordé que el hombre estaba muy nervioso; pero, al mismo tiempo, aunque algo asombrado, no encontré nada particularmente anormal en el hombre o en la petición que había hecho. Además, mi curiosidad se había despertado, así que respondí:

"Muy bien. ¿Cuánto tiempo necesita?"

"¡Oh! Tres minutos... no más. Dentro de tres minutos me reuniré con usted".

Salí de la habitación y bajé las escaleras. Saqué mi reloj. Pasó un minuto. Dos minutos. ¿Por qué me sentía tan deprimido? ¿Por qué esos momentos parecían tan solemnes y extraños? Dos minutos y medio... Dos minutos y tres cuartos. Entonces oí un disparo de pistola.

Subí las escaleras a toda prisa y entré en la habitación. Se me escapó un grito de horror. En medio de la habitación, el hombre yacía sobre su lado izquierdo, inmóvil. La sangre manaba de una herida en la frente. Cerca de su mano había un revólver que aún humeaba.

Pero, además de este espantoso espectáculo, mi atención fue atraída por otro objeto. A medio metro del cuerpo, en el suelo, vi un naipe. Era el siete de corazones. Lo recogí. El extremo inferior de cada uno de los siete puntos estaba atravesado por un pequeño agujero redondo.

* * *

Media hora más tarde, llegó el comisario de policía, luego el forense y el jefe de la Sûreté, el señor Dudouis. Había tenido cuidado de no tocar el cadáver. La investigación preliminar fue muy breve y no reveló nada. No había papeles en los bolsillos del difunto, ni nombre en sus ropas, ni inicial en su ropa blanca, nada que diera alguna pista sobre su identidad. La habitación estaba en perfecto orden como antes. Los muebles no habían sido alterados. Sin embargo, este hombre no había venido a mi casa únicamente con el propósito de suicidarse, o porque consideraba que mi lugar era el más conveniente para su suicidio. Debía haber un motivo para su acto de desesperación, y ese motivo era, sin duda, el resultado de algún hecho nuevo que había comprobado durante los tres minutos que estuvo solo.

¿Cuál era ese hecho? ¿Qué había visto? ¿Qué espantoso secreto le había sido revelado? No había respuesta a estas preguntas. Pero, en el último momento, se produjo un incidente que nos pareció de considerable importancia. Mientras dos policías levantaban el cuerpo para colocarlo en una camilla, la mano izquierda fue perturbada y una tarjeta arrugada cayó de ella. La tarjeta tenía estas palabras: "Georges Andermatt, 37 Rue de Berry".

¿Qué significaba eso? Georges Andermatt era un rico banquero de París, fundador y presidente de la Bolsa de Metales que tanto impulso había dado a las industrias metálicas en Francia. Vivía con un estilo principesco; poseía numerosos automóviles, carruajes y un costoso establo de carreras. Su vida social era muy selecta, y Madame Andermatt destacaba por su gracia y belleza.

"¿Puede ser ese el nombre del hombre?" pregunté.

El jefe de la Sûreté se inclinó sobre él.

"No es él. Monsieur Andermatt es un hombre delgado y ligeramente canoso".
"¿Pero por qué esta tarjeta?"
"¿Tiene usted un teléfono, Monsieur?"
"Sí, en el vestíbulo. Acompáñeme".

Buscó en la guía telefónica y preguntó por el número 415.21.

"¿Monsieur Andermatt está en casa? .... Dígale que Monsieur Dudouis desea que venga de inmediato al 102 del Boulevard Maillot. Es muy importante".

Veinte minutos después, Monsieur Andermatt llegó en su automóvil. Después de explicarle las circunstancias, le llevaron a ver el cadáver. Mostró una considerable emoción, y habló, en un tono bajo, y aparentemente sin ganas:

"Etienne Varin", dijo.

"¿Lo conoce?"

"No... o, al menos, sí... sólo de vista. Su hermano..."

"¡Ah! ¿Tiene un hermano?"

"Sí, Alfred Varin. Vino a verme una vez por un asunto de negocios... Olvidé lo que era".

"¿Dónde vive?"

"Los dos hermanos viven juntos... en Rue de Provence, creo".

"¿Sabe usted alguna razón por la que quisiera suicidarse?"

"Ninguna."

"Tenía una tarjeta en la mano. Era su tarjeta con su dirección".

"No entiendo eso. Debe haber estado allí por alguna casualidad que se revelará en la investigación".

Una casualidad muy extraña, pensé; y sentí que los demás tenían la misma impresión.

Al día siguiente, descubrí la misma impresión en los periódicos y entre todos los amigos con los que hablé del asunto. En medio de los misterios que lo envolvían, después del doble descubrimiento del siete de corazones perforado con siete agujeros, después de los dos inescrutables sucesos que habían ocurrido en mi casa, aquella tarjeta de visita prometía arrojar alguna luz sobre el asunto. A través de ella, la verdad podría ser revelada. Pero, en contra de nuestras expectativas, Monsieur Andermatt no dio ninguna explicación. Dijo:

"Le he dicho todo lo que sé. ¿Qué más puedo hacer? Me sorprende mucho que mi tarjeta se encuentre en un lugar así, y espero sinceramente que se aclare el punto".

No fue así. La investigación oficial estableció que los hermanos Varin eran de origen suizo, habían llevado una vida cambiante bajo diversos nombres, frecuentaban los centros de juego, se asociaban con una banda de extranjeros que había sido dispersada por la policía después de una serie de robos en los que su participación quedó establecida sólo por su huida. En el número 24 de la calle Provenza, donde los hermanos Varin habían vivido seis años antes, nadie sabía qué había sido de ellos.

Confieso que, por mi parte, el caso me parecía tan complicado y tan misterioso que no creía que el problema fuera a resolverse nunca, por lo que concluí no perder más tiempo en él. Pero Jean Daspry, con quien me encontraba frecuentemente en esa época, se interesaba cada día más por el asunto. Fue él quien me señaló aquel artículo de un periódico extranjero que fue reproducido y comentado por toda la prensa. Era el siguiente:

"*La primera prueba de un nuevo modelo de barco submarino, que se espera que revolucione la guerra naval, se hará en presencia del antiguo Emperador en un lugar que se mantendrá en secreto hasta el último momento. Una indiscreción ha revelado su nombre; se llama 'Los Siete-Corazones'*".

¡Los Siete Corazones! Eso planteaba un nuevo problema. ¿Podría establecerse una conexión entre el nombre del submarino y los incidentes que hemos relatado? Pero, ¿una conexión de qué naturaleza? Lo que había ocurrido aquí no podía tener ninguna relación con el submarino.

"¿Qué sabe usted al respecto?", me dijo Daspry. "Los efectos más diversos proceden a menudo de la misma causa".

Dos días después, se recibió y publicó la siguiente noticia extranjera:

"Se dice que los planos del nuevo submarino "Sept-de-coeur" fueron preparados por ingenieros franceses, quienes, después de buscar en vano el apoyo de sus compatriotas, entablaron posteriormente negociaciones con el Almirantazgo británico, sin éxito."

No deseo dar una publicidad indebida a ciertos asuntos delicados que en su día provocaron una considerable excitación. Sin embargo, puesto que ya ha desaparecido todo peligro de perjuicio, debo hablar del artículo aparecido en el "Echo de France", que tanto comentario suscitó en su momento, y que arrojó considerable luz sobre el misterio de los Siete Corazones. Este es el artículo tal y como se publicó con la firma de Salvator:

"EL ASUNTO DE LOS SIETE CORAZONES.

UNA ESQUINA DEL VELO LEVANTADA.

"Seremos breves. Hace diez años, un joven ingeniero de minas, Louis Lacombe, al desear dedicar su tiempo y su fortuna a ciertos estudios, renunció al puesto que entonces ocupaba, y alquiló el número 102 del bulevar Maillot, una pequeña casa que había sido recientemente construida y decorada para un conde italiano. A través de la agencia de los hermanos Varin de Lausana, uno de los cuales ayudó en los experimentos preliminares y el otro actuó como agente financiero, el joven ingeniero fue presentado a Georges Andermatt, el fundador de la Bolsa de Metales.

"Después de varias entrevistas, consiguió interesar al banquero en un barco submarino en el que estaba trabajando, y se acordó que en cuanto el invento estuviera perfeccionado, Monsieur Andermatt utilizaría su influencia con el ministro de Marina para obtener una serie de pruebas bajo la dirección del gobierno. Durante dos

años, Louis Lacombe fue un visitante frecuente en la casa de Andermatt, y presentó al banquero las diversas mejoras que hizo sobre sus planes originales, hasta que un día, ya satisfecho con la perfección de su trabajo, pidió a Monsieur Andermatt que se comunicara con el ministro de Marina. Ese día, Louis Lacombe cenó en casa de Monsieur Andermatt. Salió de allí hacia las once y media de la noche. No se le ha visto desde entonces.

"Una lectura de los periódicos de esa fecha mostrará que la familia del joven hizo todas las averiguaciones posibles, pero sin éxito; y la opinión general era que Louis Lacombe -que era conocido como un joven original y visionario- se había ido tranquilamente a lugares desconocidos.

"Aceptemos esa teoría, aunque sea improbable, y consideremos otra cuestión, que es la más importante para nuestro país: ¿Qué ha sido de los planos del submarino? ¿Se los llevó Louis Lacombe? ¿Están destruidos?

"Después de una investigación exhaustiva, podemos afirmar que los planos existen y están en posesión de los dos hermanos Varin. ¿Cómo adquirieron esa posesión? Esa es una cuestión que aún no se ha resuelto; tampoco sabemos por qué no han intentado venderlos en una fecha anterior. ¿Temían que se pusiera en duda su título de propiedad? Si es así, han perdido ese miedo, y podemos anunciar definitivamente que los planos de Louis Lacombe son ahora propiedad de una potencia extranjera, y estamos en condiciones de publicar la correspondencia que pasó entre los hermanos Varin y el representante de esa potencia. El "Siete de Corazones" inventado por Louis Lacombe ha sido realmente construido por nuestro vecino.

"¿Cumplirá el invento con las expectativas optimistas de quienes participaron en ese acto traicionero?"

Y una posdata añade:

"Más adelante, nuestro corresponsal especial nos informa que el ensayo preliminar del "Siete de Corazones" no ha sido satisfactorio. Es muy probable que los planos vendidos y entregados por los hermanos Varin no incluyeran el documento final
llevado por Louis Lacombe a Monsieur Andermatt el día de su desaparición, un documento indispensable para conocer a fondo el invento. Contiene un resumen de
las conclusiones del inventor, así como estimaciones y cifras que no figuran en los
demás documentos. Sin este documento, los planos están incompletos; por otra
parte, sin los planos, el documento carece de valor.

"Ahora es el momento de actuar y recuperar lo que nos pertenece. Puede ser un
asunto difícil, pero contamos con la ayuda de Monsieur Andermatt. Le interesará
explicar su conducta, que hasta ahora ha sido tan extraña e inescrutable. Explicará
no sólo por qué ocultó estos hechos en el momento del suicidio de Étienne Varin,
sino también por qué nunca ha revelado la desaparición del papel, un hecho bien
conocido por él. Contará por qué, durante los últimos seis años, pagó a espías para
que vigilaran los movimientos de los hermanos Varin. Esperamos de él, no sólo palabras, sino actos. Y de inmediato. De lo contrario..."

La amenaza fue expresada claramente. ¿Pero en qué consistía? ¿Qué látigo tenía
Salvator, el anónimo escritor del artículo, sobre la cabeza de Monsieur Andermatt?

Un ejército de periodistas atacó al banquero, y diez entrevistadores anunciaron la
forma despectiva en que fueron tratados. A continuación, el "Echo de France" anunció su posición con estas palabras:

"Así Monsieur Andermatt esté dispuesto o no, será desde ahora nuestro colabo-
rador en la obra que hemos emprendido".

* * *

Daspry y yo cenábamos juntos el día en que apareció ese anuncio. Aquella noche,
con los periódicos extendidos sobre mi mesa, discutimos el asunto y lo examinamos

desde todos los puntos de vista con esa exasperación que siente una persona cuando camina en la oscuridad y se encuentra constantemente con los mismos obstáculos. De repente, sin aviso alguno, se abrió la puerta y entró una señora. Su rostro estaba oculto tras un espeso velo. Me levanté de inmediato y me acerqué a ella.

"¿Es usted, Monsieur, quien vive aquí?", preguntó.

"Sí, Madame, pero no entiendo..."

"La puerta no estaba cerrada", explicó.

"¿Pero la puerta del vestíbulo?"

No respondió, y se me ocurrió que había utilizado la entrada del servicio. ¿Cómo sabía el camino? Entonces se produjo un silencio bastante embarazoso. Miró a Daspry y me vi obligado a presentarle. Le pedí que se sentara y le explicara el objeto de su visita. Se levantó el velo y vi que era una morena de rasgos regulares y que, aunque no era guapa, era atractiva, principalmente por sus ojos tristes y oscuros.

"Soy Madame Andermatt", dijo.

"¡Madame Andermatt!" repetí con asombro.

Tras una breve pausa, continuó con una voz y unos modales muy fáciles y naturales:

"He venido a verle por ese asunto... ya sabe. Pensé que podría obtener alguna información..."

"Mon Dieu, Madame, no sé nada más que lo que ya ha aparecido en los periódicos. Pero si me indica en qué puedo ayudarla..."

"No lo sé... No lo sé".

Hasta ese momento no sospeché que su conducta calmada era asumida, y que algún dolor conmovedor se ocultaba bajo ese aire de tranquilidad. Por un momento, nos quedamos en silencio y avergonzados. Entonces Daspry se adelantó y dijo:

"¿Me permite hacerle algunas preguntas?"

"Sí, sí", gritó ella. "Responderé".

"¿Responderá a cualquiera que sean esas preguntas?"

"Sí".

"¿Conoció usted a Louis Lacombe?", preguntó él.

"Sí, a través de mi marido".

"¿Cuándo lo vio por última vez?"

"La noche que cenó con nosotros".

"En ese momento, ¿había algo que le hiciera creer que no volvería a verlo?"

"No. Pero él había hablado de un viaje a Rusia... de manera vaga".

"¿Entonces esperaba volver a verlo?"

"Sí. Iba a cenar con nosotros, dos días después".

"¿Cómo explica su desaparición?"

"No puedo explicarlo".

"¿Y Monsieur Andermatt?"

"No lo sé."

"Sin embargo, el artículo publicado en el 'Echo de France' indica..."

"Sí, que los hermanos Varin tuvieron algo que ver con su desaparición".

"¿Es esa su opinión?"

"Sí."

"¿En qué basa su opinión?"

"Cuando salió de nuestra casa, Louis Lacombe llevaba una mochila con todos los papeles relacionados con su invento. Dos días después, mi marido, en una conversación con uno de los hermanos Varin, supo que los papeles estaban en su poder."

"¿Y no los denunció?"

"No."

"¿Por qué no?"

"Porque había algo más en la mochila... algo además de los papeles de Louis Lacombe".

"¿Qué era?"

Ella dudó; estuvo a punto de hablar, pero, finalmente, guardó silencio. Daspry continuó:

"Supongo que por eso su marido ha vigilado de cerca sus movimientos en lugar de informar a la policía. Esperaba recuperar los papeles y, al mismo tiempo, ese artículo comprometedor que ha permitido a los dos hermanos mantener sobre él amenazas de denuncia y chantaje."

"Sobre él, y sobre mí".

"¡Ah! ¿también sobre usted?"

"Sobre mí, en particular".

Pronunció las últimas palabras con voz hueca. Daspry la observó; se paseó de un lado a otro por un momento, y luego, volviéndose hacia ella, preguntó:

"¿Ha escrito a Louis Lacombe?"

"Por supuesto. Mi marido tenía negocios con él..."

"Aparte de esas cartas de negocios, ¿había escrito a Louis Lacombe... otras cartas? Disculpe mi insistencia, pero es absolutamente necesario que sepa la verdad. ¿Escribió usted otras cartas?"

"Sí", respondió ella, sonrojada.

"¿Y esas cartas llegaron a poder de los hermanos Varin?".

"Sí".

"¿Lo sabe Monsieur Andermatt?"

"No las ha visto, pero Alfred Varin le ha hablado de su existencia y ha amenazado con publicarlas si mi marido tomaba alguna medida contra él. Mi marido tenía miedo... de un escándalo".

"¿Pero ha intentado recuperar las cartas?"

"Creo que sí, pero no lo sé. Verá, después de esa última entrevista con Alfred Varin, y después de unas duras palabras entre mi marido y yo en las que me pidió cuentas, vivimos como extraños."

"En ese caso, como no tiene nada que perder, ¿qué teme?"

"Puede que ahora le sea indiferente, pero soy la mujer que él ha amado, la que todavía amaría--¡oh! Estoy muy segura de eso", murmuró ella, con voz ferviente, "él todavía me amaría si no se hubiera enterado de esas malditas cartas----"

"¿Qué? ¿Tuvo éxito? ¿Pero los dos hermanos aún le desafiaron?"

"Sí, y se jactaron de tener un escondite seguro".

"¿Y bien?"

"Creo que mi marido descubrió ese escondite".

"¡Ah! ¿Dónde estaba?"

"Aquí".

"¿Aquí?" grité alarmado.

"Sí. Siempre tuve esa sospecha. Louis Lacombe era muy ingenioso y se entretenía en sus horas de ocio haciendo cajas fuertes y cerraduras. Sin duda, los hermanos

Varin eran conscientes de ese hecho y utilizaron una de las cajas fuertes de Lacombe en la que ocultar las cartas... y otras cosas, tal vez."

"Pero ellos no vivían aquí", dije.

"Antes de que usted llegara, hace cuatro meses, la casa había estado vacía durante algún tiempo. Y es posible que pensaran que su presencia aquí no interferiría con ellos cuando quisieran conseguir los papeles. Pero no contaban con que mi marido vino aquí la noche del 22 de junio, forzó la caja fuerte, se llevó lo que buscaba y dejó su tarjeta para informar a los dos hermanos de que ya no les temía y de que sus posiciones se habían invertido. Dos días después, tras leer el artículo en el 'Gil Blas', Etienne Varin vino aquí, se quedó solo en esta habitación, encontró la caja fuerte vacía y... se suicidó".

Después de un momento, Daspry dijo:

"Una teoría muy simple... ¿Ha hablado Monsieur Andermatt con usted desde entonces?"

"No."

"¿Ha cambiado de alguna manera su actitud hacia usted? ¿Parece más sombrío, más ansioso?"

"No, no he notado ningún cambio".

"Y, sin embargo, usted cree que ha conseguido las cartas. Ahora bien, en mi opinión, no ha conseguido esas cartas, y no fue él quien vino aquí la noche del 22 de junio."

"¿Quién fue, entonces?"

"El misterioso individuo que está manejando este asunto, que tiene todos los hilos en sus manos, y cuyo poder invisible, pero de gran alcance hemos sentido desde el principio. Fue él y sus amigos quienes entraron en esta casa el 22 de junio; fue él quien descubrió el escondite de los papeles; fue él quien dejó la tarjeta de Monsieur Andermatt; es él quien tiene ahora la correspondencia y las pruebas de la traición de los hermanos Varin".

"¿Quién es él?" pregunté, impaciente.

"El hombre que escribe cartas al 'Echo de France'... ¡Salvador! ¿No tenemos pruebas convincentes de ese hecho? ¿No menciona en sus cartas ciertos detalles que nadie podría conocer, excepto el hombre que había descubierto así los secretos de los dos hermanos?"

"Bien, entonces", tartamudeó Madame Andermatt, muy alarmada, "él también tiene mis cartas, y es él quien ahora amenaza a mi marido. ¡Mon Dieu! ¿Qué voy a hacer?"

"Escríbale", declaró Daspry. "Confíe en él sin reservas. Dígale todo lo que sabe y todo lo que pueda saber en el futuro. Su interés y el suyo son los mismos. Él no está trabajando contra Monsieur Andermatt, sino contra Alfred Varin. Ayúdelo".

"¿Cómo?"

"¿Tiene su marido el documento que completa los planes de Louis Lacombe?"

"Sí."

"Dígale eso a Salvator y, si es posible, consiga el documento para él. Escríbale de inmediato. No arriesga nada".

El consejo era atrevido, peligroso incluso a primera vista, pero Madame Andermatt no tenía elección. Además, como había dicho Daspry, no corría ningún riesgo. Si el escritor desconocido era un enemigo, ese paso no agravaría la situación. Si se trataba de un desconocido que buscaba cumplir un propósito particular, sólo daría a esas cartas una importancia secundaria. Pasara lo que pasara, era la única solución que se le ofrecía, y ella, en su ansiedad, estaba muy contenta de actuar en consecuencia. Nos agradeció efusivamente y prometió mantenernos informados.

De hecho, dos días después, nos envió la siguiente carta que había recibido de Salvator:

"No he encontrado las cartas, pero las conseguiré. Esté tranquilo. Estoy pendiente de todo. S."

Miré la carta. Tenía la misma letra que la nota que encontré en mi libro la noche del 22 de junio.

Daspry tenía razón. Salvator era, en efecto, el iniciador de ese asunto.

* * *

Empezábamos a ver un poco de luz que salía de la oscuridad que nos rodeaba, y una luz inesperada se arrojaba sobre ciertos puntos; pero otros puntos seguían siendo oscuros, por ejemplo, el hallazgo de los dos siete de corazones. Tal vez me preocupaba innecesariamente por aquellas dos cartas cuyos siete puntos perforados se me habían aparecido en circunstancias tan sorprendentes. Sin embargo, no pude evitar preguntarme: ¿Qué papel jugarán en el drama? ¿Qué importancia tienen? ¿Qué conclusión hay que sacar del hecho de que el submarino construido a partir de los planos de Louis Lacombe llevara el nombre de "Siete de corazones"?

Daspry pensó poco en las otras dos cartas; dedicó toda su atención a otro problema que consideraba más urgente; estaba buscando el famoso escondite.

"Y quién sabe", dijo, "tal vez encuentre las cartas que Salvator no encontró... por inadvertencia, tal vez. Es improbable que los hermanos Varin hayan retirado de un lugar, que consideraban inaccesible, el arma que era tan valiosa para ellos."

Y continuó buscando. En poco tiempo, la gran sala no guardaba más secretos para él, así que amplió sus investigaciones a las demás habitaciones. Examinó el interior y el exterior, las piedras de los cimientos, los ladrillos de las paredes; levantó las pizarras del tejado.

Un día vino con un pico y una pala, me dio la pala, se quedó con el pico, señaló los terrenos baldíos adyacentes y dijo: "Ven".

Le seguí, pero me faltó su entusiasmo. Dividió el terreno baldío en varias secciones que examinó sucesivamente. Por fin, en un rincón, en el ángulo formado por los muros de dos propietarios vecinos, un pequeño montón de tierra y grava, cubierto de zarzas y hierba, atrajo su atención. Lo atacó. Me vi obligado a ayudarle. Durante una hora, bajo un sol ardiente, trabajamos sin éxito. Yo estaba desanimado, pero Daspry me instó a seguir adelante. Su ardor era tan fuerte como siempre.

Por fin, la piqueta de Daspry desenterró algunos huesos, los restos de un esqueleto del que aún colgaban algunos retazos de ropa. De repente, me puse pálido. Había descubierto, clavado en la tierra, un pequeño trozo de hierro cortado en forma de rectángulo, en el que me pareció ver manchas rojas. Me agaché y lo recogí. Aquella pequeña plancha de hierro tenía el tamaño exacto de un naipe, y las manchas rojas, hechas con plomo rojo, estaban dispuestas sobre ella de manera similar al siete de corazones, y cada mancha estaba atravesada por un agujero redondo similar a las perforaciones de los dos naipes.

"Escucha, Daspry, ya he tenido suficiente. Puedes quedarte si te interesa. Pero yo me voy".

¿Era simplemente la expresión de mis nervios excitados? ¿O era el resultado de una laboriosa tarea ejecutada bajo un sol abrasador? Sé que temblé al alejarme, y que me fui a la cama, donde permanecí cuarenta y ocho horas, inquieto y febril, perseguido por esqueletos que bailaban a mi alrededor y me lanzaban sus corazones sangrantes a la cabeza.

Daspry me fue fiel. Venía a mi casa todos los días, y se quedaba tres o cuatro horas, que pasaba en la gran sala, rebuscando, golpeando, dando golpecitos.

"Las cartas están aquí, en esta habitación", decía de vez en cuando, "están aquí. Me juego la vida en ello".

En la mañana del tercer día me levanté, débil aún, pero curado. Un sustancioso desayuno me animó. Pero una carta que recibí aquella tarde contribuyó, más que nada, a mi completa recuperación, y despertó en mí una viva curiosidad. Esta era la carta:

" Monsieur,

"El drama, cuyo primer acto tuvo lugar la noche del 22 de junio, está llegando a su fin. La fuerza de las circunstancias me obliga a reunir a los dos actores principales de ese drama cara a cara, y deseo que ese encuentro tenga lugar en su casa, si tiene la amabilidad de concederme el uso de la misma para esta noche de nueve a once. Será conveniente dar a su criado permiso para ausentarse por la noche, y, tal vez, tendrá usted la amabilidad de dejar el campo libre a los dos adversarios. Recordará que cuando visité su casa en la noche del 22 de junio, cuidé muy bien de sus bienes. Creo que cometería una injusticia si dudara, por un momento, de su absoluta discreción en este asunto. Su devoto,

"SALVADOR".

Me divirtió el tono caricaturesco de su carta y también la naturaleza caprichosa de su petición. Había una encantadora muestra de confianza y candor en su lenguaje, y nada en el mundo podría haberme inducido a engañarle o a pagar su confianza con ingratitud.

Le di a mi criado una entrada para el teatro, y salió de la casa a las ocho. Unos minutos después llegó Daspry. Le mostré la carta.

"¿Y bien?", dijo.

"Bueno, he dejado la puerta del jardín sin llave, para que cualquiera pueda entrar".

"Y tú... ¿te vas a ir?"

"En absoluto. Tengo la intención de quedarme aquí".

"Pero te pide que te vayas..."

"Pero no me voy. Seré discreto, pero estoy decidido a ver lo que ocurre".

"¡Ma foi!" exclamó Daspry, riendo, "tienes razón, y me quedaré contigo. No me gustaría perdérmelo".

Nos interrumpió el sonido del timbre de la puerta.

"¿Ya está aquí?", dijo Daspry, "¡veinte minutos antes de la hora! ¡Increíble!"

Fui a la puerta y le di la bienvenida al visitante. Era Madame Andermatt. Estaba desmayada y nerviosa, y con voz balbuceante, dijo:

"Mi marido... viene... tiene una cita... pretenden darle las cartas..."

"¿Cómo lo sabe?" pregunté.

"Por casualidad. Llegó un mensaje para mi marido mientras cenábamos. El criado me lo dio por error. Mi marido lo cogió rápidamente, pero llegó demasiado tarde. Lo había leído".

"¿Lo leyó?"

"Sí. Era algo así: 'A las nueve de la noche, esté en el Boulevard Maillot con los papeles relacionados con el asunto. A cambio, las cartas'. Así que, después de la cena, me apresuré a venir".

"¿Sin que lo supiera su marido?"

"Sí."

"¿Qué piensa usted al respecto?", preguntó Daspry, volviéndose hacia mí.

"Pienso como tú, que Monsieur Andermatt es uno de los invitados".

"Sí, pero ¿con qué propósito?"

"Eso es lo que vamos a averiguar".

Conduje a los hombres a una gran sala. Los tres podíamos escondernos cómodamente detrás del manto de terciopelo de la chimenea, y observar todo lo que ocurriera en la sala. Nos sentamos allí, con Madame Andermatt en el centro.

El reloj dio las nueve. Unos minutos más tarde, la puerta del jardín crujió sobre sus goznes. Confieso que estaba muy agitado. Estaba a punto de conocer la clave del misterio. Los sorprendentes acontecimientos de las últimas semanas estaban a punto de ser explicados y, bajo mis ojos, se iba a librar la última batalla. Daspry cogió la mano de Madame Andermatt y le dijo:

"¡Ni una palabra, ni un movimiento! Sea lo que sea que vea u oiga, ¡silencio!"

Entró alguien. Era Alfred Varin. Lo reconocí enseguida, por el gran parecido que tenía con su hermano Etienne. Tenía el mismo andar encorvado, el mismo rostro cadavérico cubierto por una barba negra.

Entró con el aire nervioso de un hombre acostumbrado a temer la presencia de trampas y emboscadas; que las huele y las evita. Echó un vistazo a la habitación, y tuve la impresión de que la chimenea, enmascarada con una portière de terciopelo, no le gustaba. Dio tres pasos en nuestra dirección, cuando algo le hizo volverse y caminar hacia el viejo rey de mosaico, con la barba fluida y la espada flamígera, al que examinó minuciosamente, subiéndose a una silla y siguiendo con los dedos los contornos de los hombros y la cabeza y palpando ciertas partes del rostro. De repente, saltó de la silla y se alejó de ella. Había oído el sonido de unos pasos que se acercaban. Monsieur Andermatt apareció en la puerta.

"¡Usted! ¡Usted!", exclamó el banquero. "¿Fue usted quien me trajo aquí?"

"¡De ninguna manera!", protestó Varin, con una voz áspera y espasmódica que me recordaba a su hermano, "al contrario, fue su carta la que me trajo aquí."

"¿Mi carta?"

"Una carta firmada por usted, en la que se ofrecía..."

"Nunca te escribí", declaró Monsieur Andermatt.

"¿No me escribo?"

Instintivamente, Varin se puso en guardia, no contra el banquero, sino contra el enemigo desconocido que le había hecho caer en esta trampa. Por segunda vez, miró en nuestra dirección, y luego se dirigió hacia la puerta. Pero Monsieur Andermatt le impidió el paso.

"¿Adónde va, Varin?"

"Hay algo en este asunto que no me gusta. Me voy a casa. Buenas noches".

"¡Un momento!"

"No es necesario, Monsieur Andermatt. No tengo nada que decirle".

"Pero tengo algo que decirle, y este es un buen momento para decirlo."

"Déjeme pasar."

"No, no pasará".

Varin retrocedió ante la decidida actitud del banquero, mientras murmuraba:

"Bueno, entonces, dese prisa".

Una cosa me asombró; y no dudo que mis dos compañeros experimentaron un sentimiento similar. ¿Por qué no estaba Salvator? ¿No era él una parte necesaria en esta conferencia? ¿O se conformaba con dejar que estos dos adversarios se pelearan entre ellos? En cualquier caso, su ausencia fue una gran decepción, aunque no restó fuerza dramática a la situación.

Después de un momento, Monsieur Andermatt se acercó a Varin y, cara a cara, ojo a ojo, le dijo:

"Ahora, después de todos estos años y cuando ya no tiene nada que temer, puede responderme con franqueza: ¿Qué ha hecho con Louis Lacombe?"

"¡Qué pregunta! ¡Como si yo supiera algo de él!"

"¡Sí lo sabe! Usted y su hermano eran sus compañeros constantes, casi vivían con él en esta misma casa. Lo sabían todo sobre sus planes y su trabajo. Y la última noche que vi a Louis Lacombe, cuando me separé de él en mi puerta, vi a dos hombres escabulléndose entre las sombras de los árboles. Eso estoy dispuesto a jurarlo".

"Bueno, ¿qué tiene eso que ver conmigo?"

"Los dos hombres eran usted y su hermano".

"Pruébelo".

"La mejor prueba es que, dos días después, usted mismo me mostró los papeles y los planos que pertenecían a Lacombe y me ofreció venderlos. ¿Cómo llegaron esos papeles a su poder?"

"Ya le he dicho, Monsieur Andermatt, que los encontramos en la mesa de Louis Lacombe, la mañana siguiente a su desaparición".

"¡Eso es mentira!"

"Pruébelo".

"La ley lo probará".

"¿Por qué no apeló a la ley?"

"¿Por qué? ¡Ah! ¿Por qué...?", tartamudeó el banquero, con una ligera muestra de emoción.

"Usted sabe muy bien, Monsieur Andermatt, que si tuviera la menor certeza de nuestra culpabilidad, nuestra pequeña amenaza no le habría detenido".

"¿Qué amenaza? ¿Esas cartas? ¿Cree que alguna vez pensé en esas cartas?"

"Si no te importaban las cartas, ¿por qué me ofreció miles de francos por su devolución? ¿Y por qué nos hizo seguir a mi hermano y a mí como fieras?"

"Para recuperar los planos".

"¡Tonterías! Usted quería las cartas. Sabía que en cuanto tuviera las cartas en su poder, podría denunciarnos. ¡Oh, no, no podía separarme de ellas!"

Se rio con ganas, pero se detuvo de repente, y dijo:

"Pero, ¡basta de esto! No hacemos más que repasar un terreno viejo. No avanzamos nada. Será mejor que dejemos las cosas como están".

"No las dejaremos como están", dijo el banquero, "y ya que se ha referido a las cartas, permítame decirle que no saldrá de esta casa hasta que entregue esas cartas".

"Me iré cuando me plazca".

"No lo hará".

"Tenga cuidado, Monsieur Andermatt. Le advierto..."

"Digo que no se irá".

"Ya lo veremos", gritó Varin, con tal furia que Madame Andermatt no pudo reprimir un grito de miedo. Varin debió oírla, porque ahora intentó salir a la fuerza. Monsieur Andermatt le empujó hacia atrás. Entonces le vi meter la mano en el bolsillo de su abrigo.

"Por última vez, déjeme pasar", gritó.

"¡Las cartas, primero!"

Varin sacó un revólver y, apuntando a Monsieur Andermatt, dijo:

"¿Sí o no?"

El banquero se agachó rápidamente. Se oyó el sonido de un disparo de pistola. El arma cayó de la mano de Varin. Me quedé sorprendido. El disparo se hizo cerca de mí. Era Daspry quien había disparado a Varin, haciéndole soltar el revólver. En un momento, Daspry estaba de pie entre los dos hombres, frente a Varin; le dijo, con sorna:

"Ha tenido suerte, amigo mío, mucha suerte. He disparado a su mano y sólo le he dado al revólver".

Ambos le miraron, sorprendidos. Luego se volvió hacia el banquero y le dijo:

"Le pido perdón, Monsieur, por entrometerme en sus asuntos; pero, realmente, usted juega muy mal. Déjeme tener las cartas".

Dirigiéndose de nuevo a Varin, Daspry dijo:

"Está entre nosotros dos, camarada, y puede jugar limpio, si le parece. Los corazones son triunfos, y yo juego el siete".

Entonces Daspry levantó, ante los ojos desconcertados de Varin, la pequeña placa de hierro, marcada con los siete puntos rojos. Fue una terrible conmoción para Varin. Con las facciones lívidas, los ojos fijos y un aire de intensa agonía, el hombre parecía hipnotizado al verla.

"¿Quién es usted?", jadeó.

"Uno que se mete en los asuntos de los demás, hasta el fondo".

"¿Qué quiere?"

"Lo que ha traído aquí esta noche".

"No he traído nada".

"Sí, lo trajo, o no habría venido. Esta mañana recibió una invitación para venir aquí a las nueve, y traer contigo todos los papeles que tuviera. Ya está aquí. ¿Dónde están los papeles?"

Había en la voz y en los modales de Daspry un tono de autoridad que yo no comprendía; sus modales solían ser bastante suaves y conciliadores. Absolutamente conquistado, Varin se llevó la mano a uno de sus bolsillos, y dijo:

"Los papeles están aquí".

"¿Todos?"

"Sí".

"¿Todos los que le quitó a Louis Lacombe y que después vendió al comandante von Lieben?"

"Sí."

"¿Son las copias o los originales?"

"Tengo los originales."

"¿Cuánto quiere por ellos?"

"Cien mil francos".

"Estás loco", dijo Daspry. "Vaya, el comandante le dio sólo veinte mil, y eso fue como dinero tirado al mar, ya que el barco fue un fracaso en las pruebas preliminares".

"No entendieron los planos".

"Los planos no están completos".

"Entonces, ¿por qué me los pide?"

"Porque los quiero. Le ofrezco cinco mil francos... ni un céntimo más".

"Diez mil. Ni uno menos".

"De acuerdo", dijo Daspry, que ahora se dirigió a Monsieur Andermatt, y dijo:

"El señor tendrá la amabilidad de firmar un cheque por la cantidad".

"Pero... no tengo..."

"¿Su chequera? Aquí está".

Asombrado, Monsieur Andermatt examinó el talonario que Daspry le entregó.

"Es mío", jadeó. "¿Cómo es posible?"

"Nada de palabras vacías, Monsieur, si es tan amable. Sólo tiene que firmar".

El banquero sacó su pluma, rellenó el cheque y lo firmó. Varin le tendió la mano.

"Baje la mano", dijo Daspry, "hay algo más". Luego, dirigiéndose al banquero, le dijo: "Usted pidió algunas cartas, ¿no es así?"

"Sí, un paquete de cartas".

"¿Dónde están, Varin?"

"No las tengo".

"¿Dónde están, Varin?"

"No lo sé. Mi hermano se encargó de ellas".

"Están escondidas en esta habitación".

"En ese caso, sabe dónde están".

"¿Cómo voy a saberlo?"

"¿No fue usted quien encontró el escondite? Parece estar tan bien informado... como Salvator".

"Las cartas no están en el escondite".

"Están".

"Ábrelo".

Varin le miró, desafiante. ¿No eran Daspry y Salvator la misma persona? Todo apuntaba a esa conclusión. Si era así, Varin no arriesgaba nada al revelar un escondite ya conocido.

"Ábrelo", repitió Daspry.

"No tengo el siete de corazones".

"Sí, aquí está", dijo Daspry, entregándole la placa de hierro. Varin retrocedió aterrorizado y gritó:

"No, no, no lo haré".

"No importa", contestó Daspry, mientras se dirigía hacia el rey barbudo, se subió a una silla y aplicó el siete de corazones a la parte inferior de la espada de tal manera que los bordes de la placa de hierro coincidieron exactamente con los dos bordes de la espada. Luego, con la ayuda de un punzón que introdujo alternativamente en cada uno de los siete agujeros, presionó sobre siete de las pequeñas piedras de mosaico. Al presionar sobre la séptima, se oyó un chasquido, y todo el busto del Rey giró sobre un pivote, revelando una gran abertura revestida de acero. Era realmente una caja fuerte a prueba de incendios.

"Puede ver, Varin, que la caja fuerte está vacía".

"Así lo veo. Entonces, mi hermano ha sacado las cartas".

Daspry bajó de la silla, se acercó a Varin y le dijo:

"Ahora, no más tonterías conmigo. Hay otro escondite. ¿Dónde está?

"No hay ninguno".

"¿Es dinero lo que quiere? ¿Cuánto?"

"Diez mil."

"Señor Andermatt, ¿valen esas cartas diez mil francos para usted?"

"Sí", dijo el banquero, con firmeza.

Varin cerró la caja fuerte, tomó el siete de corazones y lo volvió a colocar sobre la espada en el mismo lugar. Introdujo el punzón en cada uno de los siete agujeros. Se oyó el mismo chasquido, pero esta vez, por extraño que parezca, fue sólo una parte de la caja fuerte la que giró sobre el pivote, revelando una caja fuerte bastante pequeña que estaba construida dentro de la puerta de la más grande. El paquete de cartas estaba aquí, atado con una cinta, y sellado. Varin entregó el paquete a Daspry. Éste se volvió hacia el banquero y le preguntó:

"¿Está listo el cheque, Monsieur Andermatt?"

"Sí".

"¿Y tiene también el último documento que recibió de Louis Lacombe, el que completa los planos del submarino?".

"Sí."

El intercambio se hizo. Daspry se embolsó el documento y los cheques, y ofreció el paquete de cartas a Monsieur Andermatt.

"Esto es lo que usted quería, Monsieur".

El banquero dudó un momento, como si tuviera miedo de tocar aquellas malditas cartas que había buscado con tanto ahínco. Luego, con un movimiento nervioso, las tomó. Cerca de mí, oí un gemido. Agarré la mano de Madame Andermatt. Estaba fría.

"Creo, Monsieur", dijo Daspry al banquero, "que nuestro negocio ha terminado. No, gracias. Sólo por casualidad he podido hacerle un favor. Buenas noches".

Monsieur Andermatt se retiró. Llevaba consigo las cartas escritas por su esposa a Louis Lacombe.

"¡Maravilloso!" exclamó Daspry, encantado. "Todo está saliendo bien. Ahora, sólo tenemos que cerrar nuestro pequeño asunto, camarada. ¿Tienes los papeles?"

"Aquí están... todos".

Daspry los examinó cuidadosamente, y luego los colocó en su bolsillo.

"Muy bien. Ha cumplido tu palabra", dijo.

"Pero..."

"¿Pero qué?"

"¿Los dos cheques? ¿El dinero?", dijo Varin, ansioso.

"Bueno, tiene mucha seguridad, mi hombre. ¿Cómo Se atreves a pedir algo así?"

"Sólo pido lo que se me debe".

"¿Puede pedir la paga por devolver los papeles que ha robado? Pues yo creo que no".

Varin estaba fuera de sí. Temblaba de rabia; sus ojos estaban inyectados en sangre.

"El dinero... los veinte mil...", tartamudeó.

"¡Imposible! Lo necesito yo mismo".

"¡El dinero!"

"Vamos, sea razonable y no se ponga nervioso. No le servirá de nada".

Daspry le agarró el brazo con tanta fuerza, que Varin lanzó un grito de dolor. Daspry continuó:

"Ahora, puede irse. El aire le hará bien. Tal vez quiera que le muestre el camino. Ah, sí, iremos juntos al terreno baldío que está cerca de aquí, y le mostraré un pequeño montículo de tierra y piedras y debajo de él..."

"¡Eso es falso! ¡Eso es falso!"

"¡Oh! No, es verdad. Esa pequeña placa de hierro con las siete manchas vino de allí. Louis Lacombe siempre la llevaba, y la enterraron con el cuerpo... y con algunas otras cosas que resultarán muy interesantes para un juez y un jurado."

Varin se cubrió la cara con las manos y murmuró:

"Muy bien, estoy derrotado. No diga más. Pero quiero hacerle una pregunta. Me gustaría saber..."

"¿De qué se trata?"

"¿Había un pequeño ataúd en la caja fuerte grande?"

"Sí."

"¿Estaba allí la noche del 22 de junio?"

"Sí."

"¿Qué contenía?"

"Todo lo que los hermanos Varin habían metido en él: una colección muy bonita de diamantes y perlas recogidas aquí y allá por dichos hermanos".

"¿Y lo cogió?"

"Por supuesto que sí. ¿Me culpa?"

"Entiendo... que fue la desaparición de ese cofre lo que hizo que mi hermano se suicidara".

"Probablemente. La desaparición de su correspondencia no fue motivo suficiente. Pero la desaparición del ataúd... ¿Es todo lo que desea preguntarme?"

"Una cosa más: ¿su nombre?"

"Lo pregunta con la idea de buscar venganza".

"¡Caramba! Las tornas pueden cambiar. Hoy, usted está en la cima. Mañana..."

"Será usted."

"Eso espero. ¿Su nombre?"

"Arsène Lupin."

"¡Arsène Lupin!"

El hombre se tambaleó, como si estuviera aturdido por un fuerte golpe. Esas dos palabras le habían privado de toda esperanza.

Daspry se rio y dijo:

"¡Ah! ¿Imaginaba usted que un señor Durand o Dupont podría manejar un asunto como éste? No, se necesitaba la habilidad y la astucia de Arsène Lupin. Y ahora que tiene mi nombre, vaya y prepare su venganza. Arsène Lupin te esperará".

Luego empujó al desconcertado Varin por la puerta.

"¡Daspry! ¡Daspry!" grité, apartando la cortina. Él corrió hacia mí.

"¿Qué? ¿Qué pasa?"

"Madame Andermatt está enferma".

Se apresuró a acercarse a ella, le hizo inhalar unas sales y, mientras la atendía, me interrogó:

"Bueno, ¿qué ha pasado?"

"Las cartas de Louis Lacombe que le dio a su marido".

Se golpeó la frente y dijo:

"¡Pensó que yo podría hacer tal cosa!... Pero, por supuesto que lo haría. Imbécil que soy".

Madame Andermatt se reanimó. Daspry sacó de su bolsillo un pequeño paquete exactamente igual al que Monsieur Andermatt había llevado.

"Aquí están sus cartas, Madame. Estas son las cartas auténticas".

"¿Pero... las otras?"

"Las otras son las mismas, reescritas por mí y cuidadosamente redactadas. Su marido no encontrará nada objetable en ellas, y nunca sospechará de la sustitución ya que fueron sacadas de la caja fuerte en su presencia."

"Pero la letra..."

"No hay letra que no pueda ser imitada".

Le dio las gracias con las mismas palabras que podría haber utilizado con un hombre de su propio círculo social, por lo que concluí que no había presenciado la escena final entre Varin y Arsène Lupin. Pero la sorprendente revelación me causó una considerable vergüenza. ¡Lupin! Mi compañero de club no era otro que Arsène Lupin. No podía darme cuenta. Pero él dijo, con toda tranquilidad:

"Puedes despedirte de Jean Daspry".

"¡Ah!"

"Sí, Jean Daspry va a hacer un largo viaje. Lo enviaré a Marruecos. Allí podrá encontrar una muerte digna de él. Puedo decir que eso es lo que espera".

"¿Pero Arsène Lupin se quedará?"

"¡Oh! Definitivamente. Arsène Lupin está simplemente en el umbral de su carrera, y espera..."

La curiosidad me impulsó a interrumpirle y, apartándole de la vista de Madame Andermatt, le pregunté:

"¿Descubrió usted mismo la caja fuerte más pequeña, la que contenía las cartas?"

"Sí, después de muchos problemas. La encontré ayer por la tarde mientras usted dormía. Y, sin embargo, ¡Dios sabe que era bastante simple! Pero las cosas más sencillas son las que normalmente se nos escapan".

Luego, mostrándome el siete de corazones, añadió:

"Por supuesto que había adivinado que, para abrir la caja fuerte más grande, había que colocar esta carta sobre la espada del rey mosaico."

"¿Cómo lo ha adivinado?"

"Muy fácilmente. A través de información privada, sabía ese hecho cuando llegué aquí la noche del 22 de junio..."

"Después de dejarme..."

"Sí, después de convertir el tema de nuestra conversación en historias de crímenes y robos que seguramente le reducirían a una condición tan nerviosa que no dejaría su cama, pero me permitiría completar mi búsqueda sin interrupción."

"El esquema funcionó perfectamente".

"Bien, cuando llegué aquí sabía que había un cofre oculto en una caja fuerte con una cerradura secreta, y que el siete de corazones era la llave de esa cerradura. Sólo tenía que colocar la tarjeta en el lugar que obviamente estaba destinado a ella. Una hora de examen me mostró dónde estaba el lugar".

"¡Una hora!"

"Observe al tipo del mosaico".

"¿El viejo emperador?"

"Ese viejo emperador es una representación exacta del rey de corazones en todos los naipes".

"Así es. Pero, ¿cómo es que el siete de corazones abre la caja fuerte más grande en un momento y la más pequeña en otro? ¿Y por qué abrió sólo la caja fuerte más grande en primer lugar? Me refiero a la noche del 22 de junio".

"¿Por qué? Porque siempre he colocado el siete de corazones de la misma manera. Nunca cambié la posición. Pero, ayer, observé que al invertir la carta, al darle la vuelta, la disposición de los siete puntos en el mosaico cambiaba."

"¡Vaya!"

"¡Claro, por supuesto! Pero una persona tiene que pensar en esas cosas".

"Hay algo más: usted no conocía la historia de esas cartas hasta que Madame Andermatt..."

"¿Habló de ellas antes que yo? No. Porque encontré en la caja fuerte, además del cofre, nada más que la correspondencia de los dos hermanos que revelaba su traición respecto a los planes."

"Entonces, ¿fue por casualidad que usted se vio llevado, primero, a investigar la historia de los dos hermanos, y luego a buscar los planos y documentos relativos al submarino?"

"Simplemente por casualidad".

"¿Con qué propósito hizo la búsqueda?"

"¡Mon Dieu!", exclamó Daspry, riendo, "¡qué profundamente interesado estás!"

"El tema me fascina".

"Muy bien, dentro de un rato, después de haber acompañado a Madame Andermatt a un carruaje, y de haber enviado un breve reportaje al 'Echo de France', volveré para contárselo todo".

Se sentó y escribió uno de esos artículos cortos y claros que sirven para divertir y desconcertar al público. ¿Quién no recuerda la sensación que produjo aquel artículo en todo el mundo?

"Arsène Lupin ha resuelto el problema presentado recientemente por Salvator. Después de haber adquirido la posesión de todos los documentos y planos originales del ingeniero Louis Lacombe, los ha puesto en manos del ministro de Marina, y ha encabezado una lista de suscripción con el fin de presentar a la nación el primer submarino construido a partir de esos planos. Su suscripción es de veinte mil francos".

"¡Veinte mil francos! ¿Los cheques de Monsieur Andermatt?" exclamé, cuando me hubo dado el papel para que lo leyera.

"Exactamente. Era justo que Varin redimiera su traición".

* * *

Y así fue como conocí a Arsène Lupin. Así es como me enteré de que Jean Daspry, un miembro de mi club no era otro que Arsène Lupin, caballero ladrón. Así es como establecí vínculos de amistad muy agradables con ese hombre famoso y, gracias a la confianza con que me honró, me convertí en su muy humilde y fiel historiador.

VII.   La caja fuerte de madame Imbert

A las tres de la mañana, había todavía media docena de carruajes delante de una de esas pequeñas casas que se hallan sólo a un lado del bulevar Berthier. La puerta de esa casa se abrió y salieron varios invitados, hombres y mujeres. La mayoría de ellos entraron en sus carruajes y se alejaron rápidamente, dejando atrás sólo a dos hombres que caminaron por Courcelles, donde se separaron, ya que uno de ellos vivía en esa calle. El otro decidió regresar a pie hasta la Porte-Maillot. Era una hermosa noche de invierno, clara y fría; una noche en la que un paseo enérgico es agradable y refrescante.

Pero, al cabo de unos minutos, tuvo la desagradable impresión de que le seguían. Al volverse, vio a un hombre merodeando entre los árboles. No era un cobarde, pero creyó conveniente aumentar la velocidad. Entonces su perseguidor empezó a correr, y él consideró prudente sacar su revólver y enfrentarse a él. Pero no tuvo tiempo. El hombre se abalanzó sobre él y le atacó violentamente. Inmediatamente, se enzarzaron en una lucha desesperada, en la que él sintió que su agresor desconocido tenía ventaja. Pidió ayuda, forcejeó y fue arrojado sobre un montón de grava, agarrado por el cuello y amordazado con un pañuelo que su agresor le metió en la boca. Sus ojos se cerraron y el hombre que lo asfixiaba con su peso se levantó para defenderse de un ataque inesperado. Un golpe de bastón y una patada de bota; el hombre lanzó dos gritos de dolor y huyó, cojeando y maldiciendo. Sin dignarse a perseguir al fugitivo, el recién llegado se inclinó sobre el hombre postrado y preguntó:

"¿Está usted herido, Monsieur?"

No estaba herido, pero sí aturdido e incapaz de mantenerse en pie. Su salvador consiguió un carruaje, lo colocó en él y lo acompañó a su casa en la avenida de la Grande-Armée. Al llegar allí, totalmente recuperado, abrumó a su salvador con agradecimientos.

"Le debo la vida, señor, y no lo olvidaré. No quiero alarmar a mi esposa a estas horas de la noche, pero mañana estará encantada de agradecérselo personalmente. Venga a desayunar con nosotros. Mi nombre es Ludovic Imbert. ¿Puedo preguntarle el suyo?"

"Por supuesto, Monsieur".

Y le entregó a Monsieur Imbert una tarjeta con el nombre: "Arsène Lupin".

* * *

En aquella época, Arsène Lupin no gozaba de ser la celebridad que fue después del asunto Cahorn, su fuga de la Prisión de la Santé y otras brillantes hazañas. Ni siquiera había utilizado el nombre de Arsène Lupin. El nombre fue inventado especialmente para designar al salvador de Monsieur Imbert; es decir, fue en ese asunto donde se bautizó a Arsène Lupin. Armado y listo para la lucha, es cierto, pero sin los recursos y la autoridad que mandan el éxito, Arsène Lupin era entonces un simple aprendiz en una profesión en la que pronto se convirtió en maestro.

Con qué alegría recordó la invitación que recibió aquella noche. Por fin había alcanzado su meta. ¡Por fin había emprendido una tarea digna de su fuerza y su habilidad! Los millones de Imbert. ¡Qué magnífico festín para un apetito como el suyo!

Se preparó una vestimenta especial para la ocasión: un gabán raído, unos pantalones anchos, un sombrero de seda deshilachado, cuello y puños desgastados, todo muy correcto en su forma, pero con el sello inconfundible de la pobreza. Su corbata era una cinta negra con un diamante falso. Así ataviado, bajó las escaleras de la casa en la que vivía en Montmartre. En el tercer piso, sin detenerse, golpeó una puerta cerrada con la cabeza de su bastón. Salió a los bulevares exteriores. Pasaba un tranvía. Subió a él, y alguien que le había seguido tomó asiento a su lado. Era el inquilino que ocupaba la habitación del tercer piso. Un momento después, este hombre le dijo a Lupin:

"¿Y bien, gobernador?"

"Bueno, ya está todo arreglado".

"¿Cómo?"

"Voy allí a desayunar".

"Desayunas... ¿allí?"

"Desde luego. ¿Por qué no? He rescatado a Monsieur Ludovic Imbert de una muerte segura en tus manos. Monsieur Imbert no está desprovisto de gratitud. Me invitó a desayunar".

Hubo un breve silencio. Luego el otro dijo:

"¿Pero no vas a desechar el plan?"

"Mi querido muchacho", dijo Lupin, "cuando organicé ese pequeño caso de asalto y agresión, cuando me tomé la molestia, a las tres de la mañana, de golpearte con mi bastón y darte un toque con mi bota a riesgo de herir a mi único amigo, no era mi intención renunciar a las ventajas que se obtendrían de un rescate tan bien organizado y ejecutado. No, en absoluto".

"¿Pero los extraños rumores que escuchamos sobre su fortuna?"

"No importa eso. Durante seis meses he trabajado en este asunto, lo he investigado, lo he estudiado, he interrogado a los criados, a los prestamistas y a los hombres de paja; durante seis meses he seguido de cerca al marido y a la mujer. En consecuencia, sé de lo que hablo. No me importa si la fortuna les llegó del viejo Brawford, como ellos pretenden, o de alguna otra fuente. Sé que es una realidad, que existe. Y algún día será mía".

"¡*Bigre*! ¡Cien millones!"

"Digamos diez, o incluso cinco: ¡es suficiente! Tienen una caja fuerte llena de bonos, y habrá que pagar el diablo si no puedo echar mano de ellos".

El tranvía se detuvo en la Place de l'Etoile. El hombre susurró a Lupin:

"¿Qué voy a hacer ahora?"

"Nada, por el momento. Ya tendrá noticias mías. No hay prisa".

Cinco minutos después, Arsène Lupin subía el magnífico tramo de escaleras de la mansión Imbert, y Monsieur Imbert le presentó a su esposa. Madame Gervaise Imbert era una mujer bajita y regordeta, y muy habladora. Le dio a Lupin una cordial bienvenida.

"Deseaba que estuviéramos solos para agasajar a nuestro salvador", dijo.

Desde el principio, trataron a "nuestro salvador" como a un viejo y apreciado amigo. Para cuando se sirvió el postre, su amistad estaba bien cimentada y se intercambiaron confidencias privadas. Arsène contó la historia de su vida, la de su padre como magistrado, las penas de su infancia y sus dificultades actuales. Gervaise, por su parte, habló de su juventud, de su matrimonio, de la bondad del anciano Brawford, de los cien millones que había heredado, de los obstáculos que le impedían disfrutar de su herencia, del dinero que se había visto obligada a pedir prestado a un tipo de interés exorbitante, de sus interminables disputas con los sobrinos de Brawford, y de los litigios, los requerimientos, en fin, de todo.

"Piense en ello, Monsieur Lupin, los bonos están ahí, en la oficina de mi marido, y si desprendemos un solo cupón, ¡lo perdemos todo! Están ahí, en nuestra caja fuerte, y no nos atrevemos a tocarlos".

Monsieur Lupin se estremeció ante la mera idea de su proximidad a tanta riqueza. Sin embargo, estaba seguro de que Monsieur Lupin nunca sufriría la misma dificultad que su bella anfitriona, que declaró no atreverse a tocar el dinero.

"¡Ah, están ahí!", repitió para sí mismo; "¡están ahí!".

La amistad que se forja en tales circunstancias no tarda en estrechar las relaciones. Al ser interrogado con discreción, Arsène Lupin confesó su pobreza y su angustia. Inmediatamente, el desafortunado joven fue nombrado secretario particular de los Imbert, marido y mujer, con un sueldo de cien francos al mes. Debía acudir a la casa todos los días y recibir órdenes para su trabajo, y se destinó una habitación del segundo piso como despacho. Esta habitación estaba justo encima del despacho de Monsieur Imbert.

Arsène pronto se dio cuenta de que su puesto de secretario era esencialmente una sinecura. Durante los dos primeros meses, sólo tuvo que copiar cuatro cartas importantes y sólo fue llamado una vez al despacho de Monsieur Imbert; por consiguiente, sólo tuvo una oportunidad de contemplar, oficialmente, la caja fuerte de Imbert. Además, se dio cuenta de que el secretario no era invitado a las funciones sociales del empresario. Pero no se quejó, ya que prefería permanecer, modestamente, en la sombra y mantener su tranquilidad y libertad.

Sin embargo, no perdía el tiempo. Desde el principio, hizo visitas clandestinas al despacho de Monsieur Imbert, y presentó sus respetos a la caja fuerte, que estaba herméticamente cerrada. Era un inmenso bloque de hierro y acero, de aspecto frío y severo, que no podía abrirse con las herramientas ordinarias del oficio de ladrón. Pero Arsène Lupin no se desanimó.

"Donde falla la fuerza, prevalece la astucia", se dijo. "Lo esencial es estar en el lugar cuando se presente la oportunidad. Mientras tanto, debo vigilar y esperar".

Hizo inmediatamente algunos preparativos preliminares. Después de realizar cuidadosos sondeos en el suelo de su habitación, introdujo un tubo de plomo que penetraba en el techo de Monsieur Imbert en un punto entre las dos soleras de la cornisa. Por medio de este tubo, esperaba ver y oír lo que ocurría en la habitación de abajo.

A partir de entonces, pasó sus días estirado en el suelo. A menudo veía a los Imbert celebrando una consulta frente a la caja fuerte, investigando libros y papeles. Cuando giraban la combinación de la cerradura, intentaba aprender las cifras y el número de vueltas que daban a derecha e izquierda. Observó sus movimientos; trató de captar sus palabras. También había una llave necesaria para completar la apertura de la caja fuerte. ¿Qué hicieron con ella? ¿La escondían?

Un día los vio salir de la habitación sin cerrar la caja fuerte. Bajó rápidamente las escaleras y entró audazmente en la habitación. Pero ellos habían regresado.

"¡Oh! perdóneme", dijo, "me he equivocado de puerta".

"Entre, Monsieur Lupin, entre", gritó Madame Imbert, "¿no está usted en su casa? Queremos su consejo. ¿Qué bonos debemos vender? ¿Los títulos extranjeros o las rentas del Estado?"

"¿Pero el mandato judicial?", dijo Lupin, con sorpresa.

"¡Oh! no cubre todos los bonos".

Abrió la puerta de la caja fuerte y sacó un paquete de bonos. Pero su marido protestó.

"No, no, Gervaise, sería una tontería vender los bonos extranjeros. Están subiendo, mientras que las rentas son tan altas como nunca lo serán. ¿Qué opinas, mi querido amigo?"

El querido amigo no tenía ninguna opinión; sin embargo, aconsejó el sacrificio de las anualidades. Entonces sacó otro paquete y, de este, tomó un papel al azar. Resultó ser una anualidad al tres por ciento por valor de dos mil francos. Ludovic se guardó el paquete de bonos en el bolsillo. Aquella tarde, acompañado de su secretaria, vendió las anualidades a un corredor de bolsa y obtuvo cuarenta y seis mil francos.

Independientemente de lo que dijera Madame Imbert al respecto, Arsène Lupin no se sentía a gusto en la casa de los Imbert. Al contrario, su posición allí era peculiar. Se enteró de que los sirvientes ni siquiera sabían su nombre. Le llamaban " Monsieur". Ludovic siempre hablaba de él de la misma manera: "Se lo dirás a Monsieur. ¿Ha llegado Monsieur?" ¿Por qué ese misterioso apelativo?

Además, después de su primer arrebato de entusiasmo, los Imbert rara vez le dirigían la palabra y, aunque le trataban con la consideración debida a un benefactor, le prestaban poca o ninguna atención. Parecían considerarlo como un personaje excéntrico al que no le gustaba que lo molestaran, y respetaban su aislamiento como si fuera una norma estricta de su parte. En una ocasión, al pasar por el vestíbulo, oyó a Madame Imbert decir a los dos caballeros:

"¡Es un bárbaro!"

"Muy bien", se dijo, "soy un bárbaro".

Y, sin tratar de resolver la cuestión de su extraña conducta, procedió a la ejecución de sus propios planes. Había decidido que no podía depender del azar, ni de la negligencia de Madame Imbert, que llevaba la llave de la caja fuerte y que, al cerrarla, dispersaba invariablemente las letras que formaban la combinación de la cerradura. En consecuencia, debía actuar por sí mismo.

Finalmente, un incidente precipitó las cosas; fue la vehemente campaña instituida contra los Imbert por ciertos periódicos que los acusaban de estafa. Arsène Lupin asistió a ciertas conferencias familiares en las que se habló de esta nueva vicisitud. Decidió que si esperaba mucho más, lo perdería todo. Durante los cinco días siguientes, en lugar de salir de casa hacia las seis, según su costumbre habitual, se encerró en su habitación. Se suponía que había salido. Pero estaba tumbado en el suelo vigilando el despacho de Monsieur Imbert. Durante esas cinco tardes, la oportunidad favorable que esperaba no se produjo. Salió de la casa hacia la medianoche por una puerta lateral de la que tenía la llave.

Pero el sexto día se enteró de que los Imbert, actuando por las malévolas insinuaciones de sus enemigos, se proponían hacer un inventario del contenido de la caja fuerte.

"Lo harán esta noche", pensó Lupin.

Y verdaderamente, después de la cena, Imbert y su esposa se retiraron al despacho y comenzaron a examinar los libros de contabilidad y los valores contenidos en la caja fuerte. Así transcurrió una hora tras otra. Oyó que los criados subían a sus habitaciones. Ya no quedaba nadie en el primer piso. Medianoche. Los Imbert seguían trabajando.

"Debo ir a trabajar", murmuró Lupin.

Abrió su ventana. Daba a un patio. Fuera, todo estaba oscuro y silencioso. Tomó de su escritorio una cuerda anudada, la sujetó al balcón frente a su ventana y descendió silenciosamente hasta la ventana de abajo, que era la del despacho de Imbert. Permaneció un momento en el balcón, inmóvil, con el oído atento y la mirada vigilante, pero las pesadas cortinas ocultaban eficazmente el interior de la habitación. Empujó con cautela la doble ventana. Si nadie la había examinado, debería ceder a la menor presión, pues, durante la tarde, había fijado el cerrojo de tal manera que no entraría en la grapa.

La ventana cedió al tacto. Entonces, con infinito cuidado, la abrió lo suficiente como para admitir su cabeza. Abrió las cortinas unos centímetros, miró dentro y vio a Monsieur Imbert y su esposa sentados frente a la caja fuerte, profundamente absortos en su trabajo y hablando en voz baja a intervalos raros.

Calculó la distancia que le separaba de ellos, consideró los movimientos exactos que tendría que hacer para superarlos, uno tras otro, antes de que pudieran pedir ayuda, y estaba a punto de precipitarse sobre ellos, cuando Madame Imbert dijo:

"¡Ah! la habitación se está enfriando. Me voy a la cama. ¿Y tú, querida?"

"Me quedaré y terminaré".

"¿Terminar?! Eso te llevará toda la noche".

"No, en absoluto. Una hora, como mucho".

Se retiró. Pasaron veinte o treinta minutos. Arsène empujó la ventana para abrirla un poco más. Las cortinas temblaron. Empujó una vez más. Monsieur Imbert se volvió y, al ver las cortinas movidas por el viento, se levantó para cerrar la ventana.

No hubo ni un grito, ni el menor rastro de lucha. En unos momentos precisos, y sin causarle la menor herida, Arsène le aturdió, le envolvió la cortina en la cabeza, le ató de pies y manos, y lo hizo todo de tal manera que Monsieur Imbert no tuvo oportunidad de reconocer a su agresor.

Rápidamente, se acercó a la caja fuerte, se apoderó de dos paquetes que colocó bajo el brazo, salió del despacho y abrió la puerta del servicio. Un carruaje estaba estacionado en la calle.

"Coge eso, primero... y sígueme", le dijo al cochero. Volvió al despacho y, en dos viajes, vaciaron la caja fuerte. Luego, Arsène se dirigió a su propia habitación, retiró la cuerda y todas las demás huellas de su trabajo clandestino.

Unas horas más tarde, Arsène Lupin y su ayudante examinaron los bienes robados. Lupin no se sintió decepcionado, ya que había previsto que la riqueza de los Imbert había sido muy exagerada. No se trataba de cientos de millones, ni siquiera de decenas de millones. Sin embargo, ascendía a una suma muy respetable, y Lupin expresó su satisfacción.

"Por supuesto", dijo, "habrá una pérdida considerable cuando tengamos que vender los bonos, ya que tendremos que deshacernos de ellos subrepticiamente a precios reducidos. Mientras tanto, descansarán tranquilamente en mi escritorio a la espera de un momento propicio".

Arsène no vio ninguna razón para no ir a la casa de Imbert al día siguiente. Pero una lectura de los periódicos de la mañana reveló este hecho sorprendente: Ludovic y Gervaise Imbert habían desaparecido.

Cuando los agentes de la ley se apoderaron de la caja fuerte y la abrieron, encontraron allí lo que Arsène Lupin había dejado: nada.

* * *

Tales son los hechos; y me enteré de la continuación de estos un día cuando Arsène Lupin estaba en un estado de ánimo confidencial. Se paseaba de un lado a otro en mi habitación, con un paso nervioso y una mirada febril poco habituales en él.

"Después de todo", le dije, "fue tu aventura más exitosa".

Sin responder directamente, dijo:

"Hay algunos secretos impenetrables relacionados con ese asunto; algunos puntos oscuros que escapan a mi comprensión. Por ejemplo: ¿Cuál fue la causa de su huida? ¿Por qué no aprovecharon la ayuda que inconscientemente les presté? Hubiera sido tan sencillo decir: "Los cien millones estaban en la caja fuerte. Ya no están allí, porque han sido robados'".

"Perdieron los nervios".

"Sí, eso es... perdieron el valor... Por otro lado, es cierto..."

"¿Qué es verdad?"

"¡Oh! nada."

¿Qué significaba la reticencia de Lupin? Era evidente que no me lo había contado todo; había algo que se resistía a contar. Su conducta me desconcertaba. Debía de ser un asunto muy grave para que un hombre como Arsène Lupin dudara siquiera un instante. Le hice algunas preguntas al azar.

"¿Los ha visto desde entonces?"

"No".

"¿Y nunca has experimentado el más mínimo grado de piedad por esos desgraciados?"

"¡Yo!", exclamó, con un sobresalto.

Su repentina excitación me sorprendió. ¿Le había tocado un punto sensible? Continué:

"Por supuesto. Si no los hubieras dejado solos, habrían podido afrontar el peligro, o, al menos, escapar con los bolsillos llenos."

"¿Qué quieres decir?", dijo, indignado. "¿Supongo que tienes la idea de que mi alma debe estar llena de remordimientos?"

"Llámalo remordimiento o arrepentimiento... lo que quieras..."

"No valen la pena".

"¿No tienes remordimientos o remilgos por haberles robado su fortuna?"

"¿Qué fortuna?"

"Los paquetes de bonos que tomaste de su caja fuerte".

"¡Oh! Robé sus bonos, ¿lo hice? ¿Les privé de una parte de su fortuna? ¿Es ese mi crimen? ¡Ah! mi querido muchacho, no sabes la verdad. Nunca imaginaste que esos bonos no valían el papel en el que estaban escritos. Esos bonos eran falsos... eran falsos... cada uno de ellos... ¿comprendes? ERAN FALSOS".

Le miré, asombrado.

"¡Falsos! ¿Los cuatro o cinco millones?"

"¡Sí, falsos!", exclamó, en un ataque de rabia. "¡Sólo tantos trozos de papel! ¡No podría levantar una sopa con todos ellos! Y me preguntas si tengo algún remordimiento. Son ellos los que deberían tener remordimientos y piedad. Me tomaron por un simplón; y yo caí en su trampa. Fui su última víctima, su más estúpida gaviota".

Estaba afectado por una ira genuina: el resultado de la malicia y el orgullo herido. Continuó:

"De principio a fin, me llevé la peor parte. ¿Sabías que el papel que desempeñé en ese asunto, o más bien el papel que me hicieron desempeñar? El de André Brawford. Sí, muchacho, esa es la verdad, y nunca lo sospeché. No fue hasta después, al leer los periódicos, que la luz se hizo finalmente en mi estúpido cerebro. Mientras yo me hacía pasar por su "salvador", por el caballero que había arriesgado su vida para rescatar a Monsieur Imbert de las garras de un asesino, me hacían pasar por Brawford. ¿No era eso espléndido? Ese excéntrico individuo que tenía una habitación en el segundo piso, ese bárbaro que se exhibía sólo a distancia era Brawford, ¡y Brawford era yo! Gracias a mí, y a la confianza que inspiraba bajo el nombre de Brawford, pudieron pedir dinero a los banqueros y a otros prestamistas. ¡Ja! ¡Qué experiencia para un novato! Y le juro que aprovecharé la lección".

Se detuvo, me agarró del brazo y me dijo, en un tono de exasperación:

"Mi querido amigo, en este mismo momento, Gervaise Imbert me debe mil quinientos francos".

No pude contener la risa, su rabia era tan grotesca. Estaba haciendo una montaña de un grano de arena. En un momento, él mismo se rio, y dijo:

"Sí, muchacho, mil quinientos francos. Debes saber que no había recibido ni una sopa de mi salario prometido, y, además, les había prestado la suma de mil quinientos francos. ¡Todos mis ahorros de juventud! ¿Y sabes por qué? Para dedicar el dinero a la caridad. Te lo cuento sin rodeos. Madame Gervaise lo quería para unos pobres a los que ayudaba, sin que su marido lo supiera. ¡Y mi dinero duramente ganado me fue arrancado por esa tonta pretensión! ¿No es divertido? ¿eh? ¡Arsène Lupin se quedó sin mil quinientos francos por la bella dama a la que robó cuatro millones en bonos falsos! ¡Y qué cantidad de tiempo, paciencia y astucia gasté para lograr ese resultado! Fue la primera vez en mi vida que me tomaron por tonto, ¡y confieso francamente que esa vez me engañaron a gusto de la reina!"

VIII. La perla negra

Un violento toque de timbre despertó a la portera del número nueve de la avenida Hoche. Tiró del cordón de la puerta, refunfuñando:

"Creía que todo el mundo estaba dentro. Deben ser las tres".

"Quizá sea alguien para el médico", murmuró su marido.

"Tercer piso, a la izquierda. Pero el doctor no sale por la noche".

"Debe ir esta noche".

El visitante entró en el vestíbulo, subió al primer piso, al segundo, al tercero y, sin detenerse en la puerta del médico, siguió hasta el quinto. Allí, probó dos llaves. Una de ellas encajaba en la cerradura.

"¡Ah! ¡qué bien!", murmuró, "eso simplifica mucho el asunto. Pero antes de empezar a trabajar será mejor que prepare mi retiro. Déjeme ver.... ¿He tenido tiempo suficiente para despertar al doctor y ser despedido por él? Todavía no... unos minutos más".

Al cabo de diez minutos, bajó las escaleras, refunfuñando ruidosamente sobre el médico. El conserje le abrió la puerta y oyó cómo se cerraba tras él. Pero la puerta no se cerró, ya que el hombre había introducido rápidamente un trozo de hierro en la cerradura de tal manera que el cerrojo no podía entrar. Luego, en silencio, volvió a entrar en la casa, sin que el conserje lo supiera. En caso de alarma, su retirada estaba asegurada. Sin hacer ruido, ascendió de nuevo al quinto piso. En la antesala, a la luz de su linterna eléctrica, colocó su sombrero y su abrigo en una de las sillas, tomó asiento en otra y cubrió sus pesados zapatos con zapatillas de fieltro.

"¡Ouf! Aquí estoy... ¡y qué sencillo ha sido! Me pregunto por qué no hay más gente que adopte la rentable y agradable ocupación de ladrón. Con un poco de cuidado y reflexión, se convierte en una profesión de lo más encantadora. No demasiado tranquila y monótona, por supuesto, ya que entonces se volvería cansina".

Desplegó un plano detallado del apartamento.

"Permítanme comenzar por ubicarme. Aquí veo el vestíbulo en el que estoy sentado. Al frente, el salón, el tocador y el comedor. Inútil perder el tiempo allí, ya que parece que la condesa tiene un gusto deplorable... ¡ni un bibelot de valor!... Ahora, vayamos al grano. ¡Ah! aquí hay un pasillo; debe conducir a la recámara. A una distancia de tres metros, debería llegar a la puerta del armario que comunica con la recámara de la condesa". Dobló su plano, apagó su linterna y avanzó por el pasillo, contando su distancia, así:

"Un metro... dos metros... tres metros... ¡Aquí está la puerta... *Mon Dieu*, ¡qué fácil es! Sólo un pequeño y simple cerrojo me separa ahora de la recámara, y sé que el cerrojo está situado exactamente a un metro, cuarenta y tres centímetros, del suelo. Así que, gracias a una pequeña incisión que voy a hacer, pronto podré deshacerme del cerrojo".

Sacó de su bolsillo los instrumentos necesarios. Entonces se le ocurrió la siguiente idea:

"Supongamos que, por casualidad, la puerta no tiene cerrojo. Lo intentaré primero".

Giró el pomo y la puerta se abrió.

"Mi valiente Lupin, seguramente la fortuna te favorece... ¿Qué hay que hacer ahora? Tu conoces la situación de las habitaciones; conoces el lugar en el que la condesa esconde la perla negra. Por lo tanto, para asegurar la perla negra, sólo tienes que ser más silencioso que el silencio, más invisible que la propia oscuridad".

Arsène Lupin tardó media hora en abrir la segunda puerta, una puerta de cristal que conducía al dormitorio de la condesa. Pero lo hizo con tanta habilidad y precaución, que incluso si la condesa hubiera estado despierta, no habría oído el menor ruido. Según el plano de las habitaciones, no tiene más que pasar alrededor de un sillón reclinable y, más allá, de una pequeña mesa cerca de la cama. Sobre la mesa, había una caja de papel de carta, y la perla negra estaba oculta en esa caja. Se agachó, se arrastró cautelosamente sobre la alfombra y siguió los contornos del sillón reclinable. Cuando llegó a su extremo, se detuvo para reprimir los latidos de su corazón. Aunque no le movía ningún sentimiento de miedo, le resultaba imposible superar la ansiedad nerviosa que se suele sentir en medio de un profundo silencio. Aquella circunstancia le asombró, porque había pasado por muchos momentos más solemnes sin el menor rastro de emoción. Ningún peligro le amenazaba. Entonces, ¿por qué su corazón latía como una campana de alarma? ¿Era esa mujer dormida la que le afectaba? ¿Era la proximidad de otro corazón palpitante?

Escuchó y creyó distinguir la respiración rítmica de una persona dormida. Le dio confianza, como la presencia de un amigo. Buscó y encontró el sillón; luego, con movimientos lentos y cautelosos, avanzó hacia la mesa, y palpó delante de él con el brazo extendido. Su mano derecha había tocado uno de los pies de la mesa. Ahora sólo tenía que levantarse, coger la perla y escapar. Fue una suerte, ya que su corazón saltaba en su pecho como una fiera y hacía tanto ruido que temía despertar a la condesa. Mediante un poderoso esfuerzo de voluntad, dominó el salvaje latido de su corazón. Estaba a punto de levantarse del suelo cuando su mano izquierda encontró, tirado en el suelo, un objeto que reconoció como un candelabro, un candelabro volcado. Un momento después, su mano encontró otro objeto: un reloj, uno de esos pequeños relojes de viaje, cubiertos de cuero.

Bueno... ¿Qué había pasado? No podía entenderlo. Ese candelabro, ese reloj; ¿por qué no estaban esos artículos en sus lugares habituales? ¿Qué había sucedido en el terrible silencio de la noche?

De repente se le escapó un grito. Había tocado... ¡oh! ¡alguna cosa extraña, indecible! "¡No! no", pensó, "no puede ser. Es una fantasía de mi excitado cerebro".

Durante veinte segundos, treinta segundos, permaneció inmóvil, aterrorizado, con la frente bañada en sudor, y sus dedos aún conservaban la sensación de aquel espantoso contacto.

Haciendo un esfuerzo desesperado, se aventuró a extender de nuevo el brazo. Una vez más, su mano se encontró con aquella cosa extraña e indecible. Lo sintió. Tenía que sentirlo y averiguar qué era. Descubrió que era cabello, cabello humano, y un rostro humano; y ese rostro era frío, casi helado.

Por muy espantosas que sean las circunstancias, un hombre como Arsène Lupin se controla y ordena la situación en cuanto sabe de qué se trata. Así, Arsène Lupin puso rápidamente en funcionamiento su linterna. Una mujer yacía ante él, cubierta de sangre. Su cuello y sus hombros estaban cubiertos de heridas abiertas. Se inclinó sobre ella y la examinó de cerca. Estaba muerta.

"¡Muerta! ¡Muerta!", repitió con aire desconcertado.

Contempló aquellos ojos fijos, aquella boca sombría, aquella carne lívida y aquella sangre... toda aquella sangre que había corrido por la alfombra y se había coagulado allí en manchas negras y espesas. Se levantó y encendió las luces eléctricas. Entonces contempló todas las marcas de una lucha desesperada. La cama estaba en un estado de gran desorden. En el suelo, el candelabro y el reloj, con las agujas señalando las once y veinte minutos; luego, más allá, una silla volcada; y, por todas partes, había sangre, manchas de sangre y charcos de sangre.

"¿Y la perla negra?", murmuró.

La caja de papel estaba en su sitio. La abrió con avidez. El joyero estaba allí, pero vacío.

"¡*Fichtre*!", murmuró. "Has presumido de tu buena fortuna demasiado pronto, amigo Lupin. Con la condesa fría y muerta, y la perla negra desaparecida, la situación es todo menos agradable. Sal de aquí tan pronto como puedas, o puedes meterse en serios problemas".

Sin embargo, no se movió.

"¿Salir de aquí? Sí, por supuesto. Cualquier persona lo haría, excepto Arsène Lupin. Él tiene algo mejor que hacer. Ahora, para proceder de manera ordenada. En todo caso, tengo la conciencia tranquila. Supongamos que soy el comisario de policía y que estoy procediendo a hacer una investigación sobre este asunto… Sí, pero para hacer eso, necesito un cerebro más claro. El mío está embrollado como un trapo".

Se dejó caer en un sillón, con las manos apretadas contra su ardiente frente.

* * *

El asesinato de la avenida Hoche es uno de los que recientemente han sorprendido y desconcertado al público parisino, y, ciertamente, nunca habría mencionado el asunto si el velo del misterio no hubiera sido retirado por el propio Arsène Lupin. Nadie sabía la verdad exacta del caso.

¿Quién no conocía -por haberla conocido en el Bois- a la bella Léotine Zalti, la otrora famosa cantatriz, esposa y viuda del conde d'Andillot; la Zalti, cuyo lujo deslumbró a todo París hace unos veinte años; la Zalti que adquirió reputación europea por la magnificencia de sus diamantes y perlas? Se decía que llevaba sobre sus hombros el capital de varias casas bancarias y las minas de oro de numerosas empresas australianas. Hábiles joyeros trabajaban para Zalti como antes lo habían hecho para reyes y reinas. ¿Y quién no recuerda la catástrofe en la que toda esa riqueza fue engullida? De toda aquella maravillosa colección, no quedó nada más que la famosa perla negra. ¡La perla negra! Es decir, una fortuna, si ella hubiera querido desprenderse de ella.

Pero prefirió conservarla, vivir en un apartamento vulgar con su compañera, su cocinera y un criado, antes que vender aquella joya inestimable. Había una razón para ello; una razón que no temía revelar: ¡la perla negra era el regalo de un emperador! Casi arruinada y reducida a la más mediocre existencia, permaneció fiel a la compañera de su feliz y brillante juventud. La perla negra nunca abandonó su posesión. La llevaba durante el día y, por la noche, la escondía en un lugar que sólo ella conocía.

Todos estos hechos, publicados en las columnas de la prensa pública, sirvieron para estimular la curiosidad; y, por extraño que parezca, pero bastante obvio para quienes tienen la clave del misterio, la detención del presunto asesino no hizo sino complicar la cuestión y prolongar la excitación. Dos días después, los periódicos publicaron la siguiente noticia:

"Nos ha llegado la información de la detención de Victor Danègre, el criado de la condesa d'Andillot. Las pruebas contra él son claras y convincentes. En la manga de seda de su chaleco de hígado, que el detective jefe Dudouis encontró en su buhardilla entre los colchones de su cama, se descubrieron varias manchas de sangre. Además, faltaba un botón forrado de tela de esa prenda, y ese botón se encontró debajo de la cama de la víctima.

"Se supone que, después de la cena, en lugar de ir a su propia habitación, Danègre se deslizó en el armario, y, a través de la puerta de cristal, había visto a la condesa esconder la preciosa perla negra. Esto es simplemente una teoría, aún no verificada por ninguna prueba. Hay, además, otro punto oscuro. A las siete de la mañana, Danègre se dirigió al estanco del Boulevard de Courcelles; tanto el conserje como el tendero afirman este hecho. Por otra parte, el acompañante de la condesa y la cocinera, que duermen al final del pasillo, declaran que, cuando se levantaron a las ocho, la puerta de la antecámara y la de la cocina estaban cerradas. Estas dos personas han estado al servicio de la condesa durante veinte

años, y están fuera de toda sospecha. La pregunta es: ¿Cómo salió Danègre del apartamento? ¿Tenía otra llave? Son cuestiones que la policía investigará".

De hecho, la investigación policial no arrojó ninguna luz sobre el misterio. Se supo que Victor Danègre era un criminal peligroso, un borracho y un libertino. Pero, a medida que avanzaban en la investigación, el misterio se profundizaba y surgían nuevas complicaciones. En primer lugar, una joven, la señorita De Sinclèves, prima y única heredera de la condesa, declaró que ésta, un mes antes de su muerte, le había escrito una carta en la que describía la forma en que se ocultaba la perla negra. La carta desapareció al día siguiente de recibirla. ¿Quién la había robado?

De nuevo, la conserje relató cómo había abierto la puerta a una persona que había preguntado por el doctor Harel. Al ser interrogado, el doctor declaró que nadie había tocado su timbre. Entonces, ¿quién era esa persona? ¿Y el cómplice?

La teoría de un cómplice fue adoptada por la prensa y el público, y también por Ganimard, el famoso detective.

"Lupin está en el fondo de este asunto", dijo al juez.

"¡Bah!", exclamó el juez, "tiene a Lupin en el cerebro. Lo ve en todas partes".

"Lo veo en todas partes, porque está en todas partes".

"Diga más bien que lo ve cada vez que encuentra algo que no puede explicar. Además, pasa usted por alto el hecho de que el crimen se cometió a las once y veinte minutos de la noche, como demuestra el reloj, mientras que la visita nocturna, mencionada por el conserje, ocurrió a las tres de la mañana."

Los agentes de la ley suelen formarse una convicción apresurada sobre la culpabilidad de un sospechoso, y luego distorsionan todos los descubrimientos posteriores para que se ajusten a su teoría establecida. Los deplorables antecedentes de Víctor Danègre, delincuente habitual, borracho y vividor, influyeron en el juez, y a pesar de que no se descubrió nada nuevo que corroborara las primeras pistas, su opinión oficial se mantuvo firme e inamovible. Cerró su investigación y, unas semanas después, comenzó el juicio. Resultó ser lento y tedioso. El juez estaba desganado, y el fiscal presentó el caso de manera descuidada. En esas circunstancias, el abogado de Danègre tuvo una tarea fácil. Señaló los defectos e incoherencias del caso para la acusación, y argumentó que las pruebas eran bastante insuficientes para condenar al acusado. ¿Quién había fabricado la llave, la llave indispensable sin la cual Danègre, al salir del apartamento, no podría haber cerrado la puerta tras de sí? ¿Quién había visto esa llave y qué había sido de ella? ¿Quién había visto el cuchillo del asesino, y dónde está ahora?

"En cualquier caso", argumentó el abogado del preso, "la acusación debe demostrar, más allá de toda duda razonable, que el preso cometió el asesinato. La acusación debe demostrar que el misterioso individuo que entró en la casa a las tres de la mañana no es el culpable. Sin duda, el reloj indicaba las once. ¿Pero qué hay de eso? Sostengo que eso no prueba nada. El asesino pudo girar las manecillas del reloj a la hora que quisiera, y así engañarnos en cuanto a la hora exacta del crimen."

Victor Danègre fue absuelto. Abandonó la prisión el viernes hacia el atardecer, débil y deprimido por sus seis meses de prisión. La inquisición, la soledad, el juicio y las deliberaciones del jurado se combinaron para llenarlo de un miedo nervioso. Por la noche, se había visto afectado por terribles pesadillas y perseguido por extrañas visiones del patíbulo. Era un desastre mental y físico.

Bajo el nombre falso de Anatole Dufour, alquiló una pequeña habitación en las alturas de Montmartre, y vivió haciendo trabajos esporádicos allí donde los encontraba. Llevaba una existencia lamentable. En tres ocasiones consiguió un empleo fijo, sólo para ser reconocido y luego despedido. A veces tenía la idea de que le seguían unos hombres, sin duda detectives, que querían atraparle y denunciarle. Casi podía sentir la fuerte mano de la ley agarrándolo por el cuello.

Una noche, mientras cenaba en un restaurante vecino, un hombre entró y se sentó en la misma mesa. Era una persona de unos cuarenta años y llevaba un abrigo de dudosa limpieza. Pidió sopa, verduras y una botella de vino. Una vez terminada la sopa, dirigió sus ojos a Danègre y lo miró fijamente. Danègre dio un respingo. Estaba seguro de que se trataba de uno de los hombres que le seguían desde hacía varias semanas. ¿Qué quería? Danègre intentó levantarse, pero no lo consiguió. Sus miembros se negaban a sostenerlo. El hombre se sirvió un vaso de vino y llenó el de Danègre. El hombre levantó su vaso y dijo:

"A tu salud, Victor Danègre".

Víctor se sobresaltó y tartamudeó:

"¡Yo! ... ¡Yo! ... no, no... se lo juro..."

"¿Qué vas a jurar? ¿Que no eres tú mismo? ¿El sirviente de la condesa?"

"¿Qué sirviente? Me llamo Dufour. Pregunte al propietario".

"Sí, Anatole Dufour para el propietario de este restaurante, pero Victor Danègre para los agentes de la ley".

"¡Eso no es cierto! Alguien le ha mentido".

El recién llegado sacó una tarjeta de su bolsillo y se la entregó a Víctor, que leyó en ella: "Grimaudan, exinspector del cuerpo de detectives. Negocio privado tramitado". Víctor se estremeció al decir:

"¿Está usted relacionado con la policía?"

"No, ahora no, pero me gusta el negocio y continúo trabajando en él de una manera más rentable. De vez en cuando encuentro una oportunidad de oro, como la que presenta tu caso".

"¿Mi caso?"

"Sí, el tuyo. Te aseguro que es un asunto de lo más prometedor, siempre que se incline a ser razonable".

"¿Pero si no soy razonable?"

"¡Oh! Mi buen amigo, no estás en condiciones de negarme nada de lo que le pida".

"¿Qué es lo que quiere?", tartamudeó Víctor, temeroso.

"Bueno, te informaré en pocas palabras. Me envía Madeimoselle de Sinclèves, la heredera de la Condesa d'Andillot".

"¿Para qué?"

"Para recuperar la perla negra".

"¿Perla negra?"

"La que tú robaste".

"Pero no la tengo".

"La tienes."

"Si la tuviera, entonces yo sería el asesino."

"Tú eres el asesino".

Danègre mostró una sonrisa forzada.

"Afortunadamente para mí, Monsieur, el tribunal de Assizecourt no era de su opinión. El jurado emitió un veredicto unánime de absolución. Y cuando un hombre tiene la conciencia tranquila y doce hombres buenos a su favor..."

El exinspector le agarró por el brazo y le dijo:

"Nada de frases bonitas, muchacho. Ahora, escúchame y sopesa mis palabras con cuidado. Verás que son dignas de tu consideración. Ahora, Danègre, tres semanas antes del asesinato, sustrajiste la llave de la cocinera de la puerta del servicio, y mandaste a hacer un duplicado de la llave a un cerrajero llamado Outard, 244 rue Oberkampf."

"¡Es mentira, es mentira!", gruñó Víctor. "Ninguna persona ha visto esa llave. No existe tal llave".

"Aquí está".

Tras un silencio, Grimaudan continuó:

"Tu mataste a la condesa con un cuchillo que compró en el Bazar de la República el mismo día que pidió el duplicado de la llave. Tiene una hoja triangular con una ranura que va de extremo a extremo".

"Eso es una tontería. Simplemente está adivinando algo que no conoce. Nadie vio nunca el cuchillo".

"Aquí está".

Víctor Danègre retrocedió. El exinspector continuó:

"Tiene algunas manchas de óxido. ¿Te digo cómo llegaron allí?"

"¡Bueno!... Tiene una llave y un cuchillo. ¿Quién puede demostrar que me pertenecen?"

"El cerrajero y el dependiente al que le compraste el cuchillo. Ya les he refrescado la memoria y, cuando te enfrentes a ellos, no podrán dejar de reconocerte".

Su discurso era seco y duro, con un tono de firmeza y precisión. Danègre temblaba de miedo y, sin embargo, luchaba desesperadamente por mantener un aire de indiferencia.

"¿Es esa toda la evidencia que tiene?"

"¡Oh! no, en absoluto. Tengo muchas más. Por ejemplo, después del crimen, saliste por donde habías entrado. Pero, en el centro de la sala de los armarios, al ser presa de un miedo repentino, te apoyaste en la pared para sostenerte."

"¿Cómo sabe eso? Nadie podría saber tal cosa", argumentó el hombre desesperado.

"La policía no sabe nada al respecto, por supuesto. Nunca se les ocurre encender una vela y examinar las paredes. Pero si lo hubieran hecho, habrían encontrado en el yeso blanco una tenue mancha roja, muy distinta, sin embargo, para rastrear en ella la huella de tu pulgar, que habías presionado contra la pared mientras estaba mojada de sangre. Ahora bien, como bien sabes, según el sistema Bertillon, las huellas del pulgar son uno de los principales medios de identificación."

Víctor Danègre estaba lívido; grandes gotas de sudor rodaban por su rostro y caían sobre la mesa. Contempló, con una mirada salvaje, al extraño hombre que había narrado la historia de su crimen con tanta fidelidad como si hubiera sido un testigo invisible de la misma. Vencido e impotente, Víctor agachó la cabeza. Sintió que era inútil luchar contra este hombre. Así que dijo:

"¿Cuánto me dará, si te doy la perla?"

"Nada".

"¡Oh, está bromeando! ¿O quiere decir que debo darle un artículo que vale miles y cientos de miles y no recibir nada a cambio?"

"Recibirás tu vida. ¿Es eso nada?"

El infortunado se estremeció. Entonces Grimaudan añadió, en un tono más suave:

"Vamos, Danègre, esa perla no tiene ningún valor en tus manos. Es imposible que la vendas, así que ¿de qué sirve que la conserves?"

"Hay casas de empeño... y, algún día, podré conseguir algo por ella".

"Pero ese día puede ser demasiado tarde".

"¿Por qué?"

"Porque para entonces puede estar en manos de la policía y, con las pruebas que puedo aportar -el cuchillo, la llave, la marca del pulgar-, ¿qué será de ti?"

Víctor apoyó la cabeza en las manos y reflexionó. Se sentía perdido, irremediablemente perdido, y, al mismo tiempo, le invadía una sensación de cansancio y depresión. Murmuró, débilmente:

"¿Cuándo debo dárselo?"

"Esta noche... dentro de una hora".

"¿Y si me niego?"

"Si te niegas, enviaré esta carta al procurador de la República, en la que madeimoselle de Sinclèves le denuncia como asesino".

Danègre sirvió dos vasos de vino que bebió en rápida sucesión, y luego, levantándose, dijo:

"Pague la cuenta y vámonos. Ya he tenido bastante con este maldito asunto".

Había caído la noche. Los dos hombres bajaron por la calle Lepic y siguieron los bulevares exteriores en dirección a la plaza de la Estrella. Siguieron su camino en silencio; Víctor tenía un porte encorvado y un rostro abatido. Cuando llegaron al Parc Monceau, dijo:

"Estamos cerca de la casa".

"¡*Parbleu*! Sólo saliste de la casa una vez, antes de tu arresto, y fue para ir al estanco".

"Aquí está", dijo Danègre, con voz apagada.

Pasaron a lo largo del muro del jardín de la casa de la condesa y cruzaron una calle en cuya esquina estaba el estanco. Unos pasos más adelante, Danègre se detuvo; sus miembros se estremecieron y se hundió en un banco.

"¿Y ahora qué?", preguntó su compañero.

"Está ahí".

"¿Dónde? Vamos, ¡no hagas tonterías!"

"Allí... frente a nosotros".

"¿Dónde?"

"Entre dos adoquines".

"¿Cuál?"

"Búsquelo".

"¿Qué piedras?"

Víctor no respondió.

"¡Ah, ya veo!", exclamó Grimaudan, "quieres que pague por la información".

"No... pero... tengo miedo de morirme de hambre".

"¡Así que por eso dudas! Bueno, no seré duro contigo. ¿Cuánto quieres?"

"Lo suficiente para comprar un pasaje a América".

"Muy bien."

"Y cien francos para mantenerme hasta que consiga trabajo allí".

"Tendrás doscientos. Ahora, habla".

"Cuenta los adoquines a la derecha de la alcantarilla. La perla está entre la duodécima y la decimotercera".

"¿En la alcantarilla?"

"Sí, cerca de la acera".

Grimaudan miró a su alrededor para ver si alguien miraba. Pasaban algunos tranvías y peatones. Pero, bah, no sospecharán nada. Abrió su navaja y la introdujo entre las piedras doce y trece.

"¿Y si no está ahí?", le dijo a Víctor.

"Debe estar ahí, a menos que alguien me haya visto agacharme y esconderla".

¿Era posible que la perla trasera hubiera sido arrojada al barro y a la suciedad de la alcantarilla para ser recogida por el primero que llegara? La perla negra... ¡una fortuna!

"¿A qué profundidad?", preguntó.

"Unos diez centímetros".

Excavó la tierra húmeda. La punta de su cuchillo golpeó algo. Amplió el agujero con el dedo. Luego sacó la perla negra de su sucio escondite.

"¡Bien! Aquí tiene tus doscientos francos. Te enviaré el billete para América".

Al día siguiente, este artículo fue publicado en el "Echo de France", y fue copiado por los principales periódicos de todo el mundo:

"Ayer, la famosa perla negra llegó a manos de Arsène Lupin, quien la recuperó del asesino de la Condesa d'Andillot. Dentro de poco, se expondrán facsímiles de esa preciosa joya en Londres, San Petersburgo, Calcuta, Buenos Ayres y Nueva York.

"Arsène Lupin estará encantado de considerar todas las propuestas que se le presenten a través de sus agentes".

* * *

"Y así es como el crimen es siempre castigado y la virtud recompensada", dijo Arsène Lupin, después de haberme contado la historia de la perla negra.

"Y así es como tú, bajo el nombre falso de Grimaudan, ex inspector de detectives fuiste elegido por el destino para privar al criminal del beneficio de su crimen".

"Exactamente. Y confieso que el asunto me produce una satisfacción y un orgullo infinitos. Los cuarenta minutos que pasé en el apartamento de la condesa d'Andillot, tras conocer su muerte, fueron los momentos más emocionantes y absorbentes de mi vida. En esos cuarenta minutos, envuelto como estaba en una situación muy peligrosa, estudié con calma la escena del asesinato y llegué a la conclusión de que el crimen debía haber sido cometido por uno de los sirvientes de la casa. También decidí que, para conseguir la perla, había que detener a ese criado, y por eso dejé el botón del abrigo; era necesario, además, que tuviera alguna prueba convincente de su culpabilidad, así que me llevé el cuchillo que encontré en el suelo y la llave que hallé en la cerradura. Cerré y aseguré la puerta, y borré las marcas de los dedos en el yeso del armario-armario. En mi opinión, ese fue uno de esos destellos..."

"De genio", dije, interrumpiendo.

"De genio, si lo deseas. Pero, me halagas, no se le habría ocurrido al común de los mortales. Enmarcar, instantáneamente, los dos elementos del problema: un arresto y una absolución; hacer uso de la formidable maquinaria de la ley para aplastar y humillar a mi víctima, y reducirla a una condición en la que, una vez libre, estaría segura de caer en la trampa que le estaba tendiendo."

"Pobre diablo..."

"¿Pobre diablo, dices? ¡Victor Danègre, el asesino! Podría haber descendido a las más bajas profundidades del vicio y del crimen, si hubiera conservado la perla negra. Ahora, ¡vive! Piensa en eso: ¡Victor Danègre está vivo!"

"Y tú tienes la perla negra".

La sacó de uno de los bolsillos secretos de su cartera, la examinó, la contempló con ternura y la acarició con dedos amorosos, y suspiró, mientras decía:

"¡Qué frío príncipe ruso, o qué vano y necio rajá podrá poseer algún día este inestimable tesoro! O, tal vez, algún millonario americano esté destinado a convertirse en el dueño de este bocado de exquisita belleza que una vez adornó el bello pecho de Leontine Zalti, la Condesa d'Andillot."

IX.   Herlock Sholmès llega demasiado tarde

"¡Es realmente notable, Velmont, el gran parecido que tiene usted con Arsène Lupin!"

"¿Cómo lo sabe?"

"¡Oh! Como todo el mundo, por las fotografías, de las que no hay dos iguales, pero cada una de ellas deja la impresión de un rostro... algo parecido al suyo".

Horace Velmont mostró cierta irritación.

"Así es, mi querido Devanne. Y, créame, no es usted la primera persona en notarlo".

"Es tan llamativo", insistió Devanne, "que si usted no fuera una recomendación de mi primo d'Estevan, y si no fuera el célebre artista, cuyas bellas vistas marinas tanto admiro, no dudo que habría advertido a la policía de su presencia en Dieppe."

Esta salida fue recibida con un estallido de risas. En el gran comedor del castillo de Thibermesnil había en esta ocasión, además de Velmont, los siguientes invitados: El padre Gélis, el párroco, y una docena de oficiales cuyos regimientos estaban acuartelados en los alrededores y que habían aceptado la invitación del banquero Georges Devanne y su madre. Uno de los oficiales comentó entonces:

"Tengo entendido que se ha facilitado una descripción exacta de Arsène Lupin a toda la policía de esta costa desde su audaz hazaña en el expreso París-Havre".

"Supongo que sí", dijo Devanne. "Eso fue hace tres meses; y una semana después, conocí a nuestro amigo Velmont en el casino, y, desde entonces, me ha honrado con varias visitas -un agradable preámbulo de una visita más seria que me hará uno de estos días- o, mejor dicho, una de estas noches."

Este discurso provocó otra ronda de risas, y los invitados pasaron al antiguo "Salón de los Guardias", una vasta sala con un alto techo, que ocupaba toda la parte inferior de la Tour Guillaume -la Torre de Guillermo- y en la que Georges Devanne había reunido los incomparables tesoros que los señores de Thibermesnil habían acumulado a lo largo de muchos siglos. Contenía cofres antiguos, credencias, morillos y candelabros. Las paredes de piedra estaban cubiertas de magníficos tapices. Los profundos vanos de las cuatro ventanas estaban amueblados con bancos, y las ventanas góticas estaban compuestas por pequeños cristales de colores colocados en un marco de plomo. Entre la puerta y la ventana de la izquierda había una inmensa librería de estilo renacentista, en cuyo frontón figuraba, en letras de oro, la palabra "Thibermesnil" y, debajo, el orgulloso emblema de la familia: "Fais ce que veulx" (Haz lo que quieras). Cuando los invitados encendieron sus cigarros, Devanne reanudó la conversación.

"Y recuerda, Velmont, que no tienes tiempo que perder; de hecho, esta noche es la última oportunidad que tendrás".

"¿Cómo es eso?", preguntó el pintor, que parecía considerar el asunto como una broma. Devanne estaba a punto de responder, cuando su madre le mencionó que guardara silencio, pero la excitación de la ocasión y el deseo de interesar a sus invitados le instaron a hablar.

"¡Bah!", murmuró. "Puedo contarlo ahora. No hará ningún daño".

Los invitados se acercaron, y él comenzó a hablar con el aire satisfecho de un hombre que tiene que hacer un anuncio importante.

"Mañana por la tarde, a las cuatro, Herlock Sholmès, el famoso detective inglés, para quien no existe tal cosa como el misterio; Herlock Sholmès, el más notable solucionador de enigmas que el mundo ha conocido, ese hombre maravilloso que parecería la creación de un novelista romántico... ¡Herlock Sholmès será mi invitado!"

Inmediatamente, Devanne fue el blanco de numerosas preguntas ansiosas. "¿Va a venir realmente Herlock Sholmès?" "¿Es algo tan serio?" "¿Está realmente Arsène Lupin en este barrio?"

"Arsène Lupin y su banda no están muy lejos. Además del robo al Barón Cahorn, se le atribuyen los robos de Montigny, Gruchet y Crasville".

"¿Le ha enviado una advertencia, como hizo con el barón Cahorn?"

"No", respondió Devanne, "no puede hacer el mismo truco dos veces".

"¿Entonces qué?"

"Te lo mostraré".

Se levantó, y, señalando un pequeño espacio vacío entre los dos enormes folios de uno de los estantes de la librería, dijo:

"Allí había un libro, un libro del siglo XVI titulado "Chronique de Thibermesnil", que contenía la historia del castillo desde su construcción por el duque Rollo en el emplazamiento de una antigua fortaleza feudal. Había tres láminas grabadas en el libro; una de ellas era una vista general de toda la finca; otra, el plano de los edificios; y la tercera -llamo su atención, en particular- era el boceto de un pasaje subterráneo, cuya entrada está fuera de la primera línea de murallas, mientras que el otro extremo del pasaje está aquí, en esta misma sala. Pues bien, ese libro desapareció hace un mes".

"¡Caramba!", dijo Velmont, "eso tiene mala pinta. Pero no parece ser una razón suficiente para mandar a buscar a Herlock Sholmès".

"Ciertamente, eso no era suficiente en sí mismo, pero ocurrió otro incidente que da a la desaparición del libro un significado especial. Había otro ejemplar de este libro en la Biblioteca Nacional de París, y los dos libros diferían en ciertos detalles relacionados con el pasaje subterráneo; por ejemplo, cada uno de ellos contenía dibujos y anotaciones, no impresos, sino escritos con tinta y más o menos borrados. Yo conocía esos hechos y sabía que la ubicación exacta del pasaje sólo podía determinarse mediante la comparación de los dos libros. Ahora bien, al día siguiente de la desaparición de mi libro, éste fue reclamado en la Biblioteca Nacional por un lector que se lo llevó, y nadie sabe cómo se efectuó el robo."

Los invitados profirieron numerosas exclamaciones de sorpresa.

"Ciertamente, el asunto parece grave", dijo uno.

"Bueno, la policía investigó el asunto y, como siempre, no descubrió ninguna pista".

"Nunca lo hacen, cuando Arsène Lupin está involucrado en ello".

"Exactamente; y por eso decidí pedir la ayuda de Herlock Sholmès, que respondió que estaba listo y ansioso por entrar en las listas con Arsène Lupin".

"¡Qué gloria para Arsène Lupin!", dijo Velmont. "Pero si nuestro ladrón nacional, como lo llaman, no tiene malos designios en su castillo, Herlock Sholmès tendrá su viaje en vano".

"Hay otras cosas que le interesarán, como el descubrimiento del pasaje subterráneo".

"¡Pero usted nos dijo que un extremo del pasaje estaba fuera de las murallas y el otro en esta misma sala!"

"Sí, pero ¿en qué parte de la sala? La línea que representa el pasaje en las cartas termina aquí, con un pequeño círculo marcado con las letras "T.G.", que sin duda significan "Tour Guillaume". Pero la torre es redonda, y ¿quién puede decir el punto exacto en el que el pasaje toca la torre?".

Devanne encendió un segundo puro y se sirvió una copa de benedictino. Sus invitados le presionaron con preguntas y él se alegró de observar el interés que habían suscitado sus observaciones. Continuó:

"El secreto se ha perdido. Nadie lo conoce. La leyenda dice que los antiguos señores del castillo transmitieron el secreto de padres a hijos en sus lechos de muerte, hasta que Geoffroy, el último de la raza, fue decapitado durante la Revolución en su decimonoveno año."

"Eso fue hace más de un siglo. Seguramente, alguien lo ha buscado desde entonces".

"Sí, pero no lo encontraron. Después de comprar el castillo, hice una búsqueda diligente, pero sin éxito. Deben recordar que esta torre está rodeada de agua y conectada con el castillo sólo por un puente; en consecuencia, el pasaje debe estar debajo del antiguo foso. El plano que figuraba en el libro de la Biblioteca Nacional mostraba una serie de escaleras con un total de cuarenta y ocho escalones, lo que indica una profundidad de más de diez metros. Como ven, el misterio está entre las paredes de esta sala, y sin embargo no me gusta derribarlas".

"¿No hay nada que indique dónde está?"

"Nada."

" Monsieur Devanne, deberíamos dirigir nuestra atención a las dos citas", sugirió el padre Gélis.

"¡Oh!", exclamó Monsieur Devanne, riendo, "nuestro digno padre es aficionado a leer memorias y a hurgar en los mohosos archivos del castillo. Todo lo relacionado con Thibermesnil le interesa mucho. Pero las citas que menciona sólo sirven para complicar el misterio. Ha leído en alguna parte que dos reyes de Francia han conocido la clave del enigma".

"¡Dos reyes de Francia! ¿Quiénes eran?"

"Enrique IV y Luis XVI. Y la leyenda dice así: En la víspera de la batalla de Arques, Enrique IV pasó la noche en este castillo. A las once de la noche, Luisa de Tancarville, la mujer más bella de Normandía fue introducida en el castillo a través del pasaje subterráneo por el duque Edgard, quien, al mismo tiempo, informó al rey del pasaje secreto. Posteriormente, el rey confió el secreto a su ministro Sully, quien, a su vez, relata la historia en su libro "Royales Economies d'Etat", sin hacer ningún comentario al respecto, pero enlazando con ella esta incomprensible frase: "¡Poned un ojo en la abeja que tiembla, el otro ojo os llevará a Dios!"

Tras un breve silencio, Velmont se rio y dijo:

"Ciertamente, no arroja una luz deslumbrante sobre el tema".

"No. Pero el padre Gélis afirma que Sully ocultó la clave del misterio en esta extraña frase para ocultar el secreto a los secretarios a los que dictaba sus memorias."

"Es una teoría ingeniosa", dijo Velmont.

"Sí, y puede ser que no sea nada más; no veo que arroje ninguna luz sobre el misterioso enigma".

"¿Y fue también para recibir la visita de una dama que Luis XVI hizo abrir el pasaje?"

"No lo sé", dijo Monsieur Devanne. "Lo único que puedo decir es que el rey se detuvo aquí una noche de 1784, y que el famoso cofre de hierro encontrado en el Louvre contenía un papel con estas palabras escritas por el propio rey: "Thibermesnil 3-4-11".

Horace Velmont rio con ganas, y exclamó:

"¡Por fin! Y ahora que tenemos la llave mágica, ¿dónde está el hombre que puede ajustarla a la cerradura invisible?"

"Ríase todo lo que quiera, Monsieur", dijo el padre Gèlis, "pero estoy seguro de que la solución está contenida en esas dos frases, y algún día encontraremos a un hombre capaz de interpretarlas."

"Herlock Sholmès es el hombre", dijo Monsieur Devanne, "a menos que Arsène Lupin se le adelante. ¿Cuál es su opinión, Velmont?"

Velmont se levantó, puso su mano sobre el hombro de Devanne y declaró:

"Creo que la información proporcionada por su libro y el de la Biblioteca Nacional era deficiente en un detalle muy importante que usted ha suministrado ahora. Se lo agradezco".

"¿De qué se trata?"

"La llave que falta. Ahora que la tengo, puedo ponerme a trabajar de inmediato", dijo Velmont.

"Por supuesto; sin perder un minuto", dijo Devanne, sonriendo.

"¡Ni siquiera un segundo!", respondió Velmont. "Esta noche, antes de la llegada de Herlock Sholmès, debo saquear su castillo".

"No tiene tiempo que perder. Por cierto, puedo llevarle esta noche".

"¿A Dieppe?"

"Sí. Voy a encontrarme con Monsieur y Madame d'Androl y una joven conocida suya. Llegarán en el tren de medianoche".

Luego, dirigiéndose a los oficiales, Devanne añadió:

"Caballeros, espero verlos a todos en el desayuno de mañana".

La invitación fue aceptada. La compañía se dispersó, y unos momentos después Devanne y Velmont se dirigían a toda velocidad hacia Dieppe en un automóvil. Devanne dejó al artista frente al Casino y se dirigió a la estación de ferrocarril. A las doce en punto, sus amigos bajaron del tren. Media hora más tarde, el automóvil estaba en la entrada del castillo. A la una, después de una cena ligera, se retiraron. Las luces se apagaron y el castillo quedó envuelto en la oscuridad y el silencio de la noche.

* * *

La luna apareció a través de una grieta en las nubes y llenó el salón con su brillante luz blanca. Pero sólo por un momento. Luego, la luna volvió a retirarse tras sus etéreos cortinajes, y la oscuridad y el silencio reinaron por completo. No se oía ningún sonido, salvo el monótono tic-tac del reloj. Dio las dos, y luego continuó con sus interminables repeticiones de los segundos. Luego, las tres.

De repente, algo hizo clic, como la apertura y el cierre de un disco de señales que avisa del paso del tren. Un fino chorro de luz se dirigió a todos los rincones de la habitación, como una flecha que deja tras de sí una estela de luz. Salió disparada desde el acanalado central de una columna que sostenía el frontón de la librería. Se posó por un momento en el panel de enfrente como un círculo brillante de plata bruñida, y luego centelleó en todas direcciones como un ojo culpable que escudriña cada sombra. Desapareció por un momento, pero volvió a aparecer cuando toda una sección de la librería giró sobre un pivote y dejó al descubierto una gran abertura como una bóveda.

Un hombre entró con una linterna eléctrica. Le seguía un segundo hombre, que llevaba un rollo de cuerda y varias herramientas. El líder inspeccionó la habitación, escuchó un momento y dijo:

"Llama a los demás".

Entonces entraron en la habitación ocho hombres, robustos y con rostros decididos, que inmediatamente empezaron a retirar el mobiliario. Arsène Lupin pasó rápidamente de un mueble a otro, examinó cada uno de ellos y, según su tamaño o valor artístico, indicó a sus hombres que se lo llevaran o lo dejaran. Si se ordenaba cogerlo, lo llevaban a la boca abierta del túnel y lo introducían sin miramientos en las entrañas de la tierra. Tal fue el destino de seis sillones, seis pequeñas sillas Luis XV, una cantidad de tapices de Aubusson, algunos candelabros, cuadros de Fragonard y Nattier, un busto de Houdon y algunas estatuillas. A veces, Lupin se detenía ante un hermoso cofre o un magnífico cuadro, y suspiraba:

"Es demasiado pesado... demasiado grande... ¡qué pena!"

En cuarenta minutos la habitación estaba desmontada; y se había hecho de una manera tan ordenada y con tan poco ruido como si los diversos artículos hubieran sido empaquetados y envueltos para la ocasión.

Lupin dijo al último hombre que salió por el túnel:

"No es necesario que vuelva. Comprenderá que, en cuanto la furgoneta esté cargada, deberá dirigirse al granero de Roquefort".

"¿Pero usted, patrón?"

"Déjeme la moto".

Cuando el hombre hubo desaparecido, Arsène Lupin volvió a colocar la sección de la librería en su sitio, borró cuidadosamente las huellas de los pasos de los hombres, levantó una portería y entró en una galería, que era el único medio de comunicación entre la torre y el castillo. En el centro de esta galería había una vitrina que había atraído la atención de Lupin. Contenía una valiosa colección de relojes, cajas de rapé, anillos, chatelaines y miniaturas de rara y bella factura. Forzó la cerradura con una pequeña palanca y experimentó un gran placer al manipular aquellos adornos de oro y plata, aquellas exquisitas y delicadas obras de arte.

Llevaba una gran bolsa de lino, especialmente preparada para sacar esas chucherías. La llenó. Luego llenó los bolsillos de su abrigo, chaleco y pantalones. Y estaba colocando sobre su brazo izquierdo una serie de retículas de perlas cuando oyó un ligero sonido. Escuchó. No se engañó. El ruido continuaba. Entonces recordó que, en un extremo de la galería, había una escalera que conducía a un apartamento desocupado, pero que probablemente estaba ocupado esa noche por la joven que Monsieur Devanne había traído de Dieppe con sus otros visitantes.

Inmediatamente apagó su linterna, y apenas había conseguido el amistoso cobijo de un brocal de la ventana, cuando la puerta de la parte superior de la escalera se abrió y una débil luz iluminó la galería. Pudo sentir -pues, oculto por una cortina, no podía ver- que una mujer bajaba cautelosamente los peldaños superiores de la escalera. Esperaba que no se acercara más. Sin embargo, la mujer siguió bajando, e incluso avanzó un poco hacia la habitación. Entonces lanzó un débil grito. Sin duda había descubierto el armario roto y desmontado.

Volvió a avanzar. Ahora él podía oler el perfume y oír el latido de su corazón mientras se acercaba a la ventana donde él estaba oculto. Pasó tan cerca que su falda rozó la cortina de la ventana, y Lupin sintió que sospechaba la presencia de otro, detrás de ella, en la sombra, al alcance de su mano. Pensó: "Tiene miedo. Se irá". Pero ella no se fue. La vela, que llevaba en su mano temblorosa, se hizo más brillante. Ella se volvió, dudó un momento, pareció escuchar, y de repente apartó la cortina.

Se encontraron cara a cara. Arsène se quedó asombrado. Murmuró, involuntariamente:

"Usted... usted... señorita".

Era la señorita Nelly. La señorita Nelly, su compañera de viaje en el transatlántico, la que había sido objeto de sus sueños en aquel memorable viaje, la que había sido testigo de su detención y la que, en lugar de traicionarle, había arrojado al agua la Kodak en la que había ocultado los billetes y los diamantes. La señorita Nelly, esa encantadora criatura, cuyo recuerdo a veces alegraba y a veces entristecía las largas horas de prisión.

Fue un encuentro tan inesperado el que los puso frente a frente en aquel castillo a aquella hora de la noche, que no pudieron moverse, ni pronunciar palabra alguna; estaban asombrados, hipnotizados, cada uno ante la súbita aparición del otro. Temblando de emoción, la señorita Nelly se tambaleó hasta sentarse. Él permaneció de pie frente a ella.

Poco a poco, se dio cuenta de la situación y concibió la impresión que debía producir en aquel momento con los brazos cargados de chucherías, y los bolsillos y un saco de lino rebosantes de botín. Le invadió la confusión y se sonrojó al verse en la situación de un ladrón sorprendido en el acto. Para ella, a partir de entonces, era un ladrón, un hombre que mete la mano en el bolsillo de otro, que entra en las casas y roba a la gente mientras duerme.

Un reloj cayó al suelo; luego otro. A éstos les siguieron otros artículos que se le escaparon de las manos uno a uno. Entonces, movido por una repentina decisión, dejó caer los otros artículos en un sillón, vació sus bolsillos y deshizo su saco. Se sintió muy incómodo en presencia de Nelly, y dio un paso hacia ella con la intención de hablarle, pero ella se estremeció, se levantó rápidamente y huyó hacia el salón. La puerta se cerró tras ella. Él la siguió. Ella estaba de pie, temblorosa y asombrada ante la visión de la habitación devastada. Él le dijo, de inmediato:

"Mañana, a las tres, todo será devuelto. Los muebles serán devueltos".

Ella no respondió, así que él repitió:

"Te lo prometo. Mañana, a las tres. Nada en el mundo podría inducirme a romper esa promesa... Mañana, a las tres".

Siguió entonces un largo silencio que no se atrevió a romper, mientras la agitación de la joven le provocaba un sentimiento de auténtico pesar. Tranquilamente, sin decir una palabra, se dio la vuelta, pensando: "Espero que se vaya. No puedo soportar su presencia". Pero la joven habló de repente,

y tartamudeó:

"Escucha... pasos... Oigo a alguien..."

Él la miró con asombro. Parecía abrumada por la idea de un peligro cercano.

"No oigo nada", dijo.

"Pero debes irte... ¡debes escapar!"

"¿Por qué debo ir?"

"Porque... debes hacerlo. No te quedes aquí ni un minuto más. Vete".

Ella corrió, rápidamente, hacia la puerta que conducía a la galería y escuchó. No, no había nadie allí. Tal vez el ruido estaba fuera. Esperó un momento y luego regresó tranquilizada.

Pero Arsène Lupin había desaparecido.

* * *

Tan pronto como Monsieur Devanne fue informado del saqueo de su castillo, se dijo a sí mismo: Fue Velmont quien lo hizo, y Velmont es Arsène Lupin. Esa teoría lo explicaba todo, y no había otra explicación plausible. Y, sin embargo, la idea parecía absurda. Era ridículo suponer que Velmont fuera otro que Velmont, el famoso artista, y compañero de club de su primo d'Estevan. Por eso, cuando el capitán de los gendarmes llegó para investigar el asunto, Devanne ni siquiera pensó en mencionar su absurda teoría.

A lo largo de la mañana se produjo un animado revuelo en el castillo. Los gendarmes, la policía local, el jefe de la policía de Dieppe, los aldeanos, todos circulaban de un lado a otro en los salones, examinando cada rincón que estaba abierto a su inspección. El acercamiento de las tropas de maniobra, el traqueteo de la mosquetería, aumentaban el carácter pintoresco de la escena.

La búsqueda preliminar no proporcionó ninguna pista. Ni las puertas ni las ventanas mostraban signos de haber sido alteradas. Por lo tanto, la sustracción de los bienes debió realizarse por medio del pasadizo secreto. Sin embargo, no había indicios de pisadas en el suelo ni marcas extrañas en las paredes.

Sus investigaciones revelaron, sin embargo, un hecho curioso que denotaba el carácter caprichoso de Arsène Lupin: la famosa Chronique del siglo XVI había sido devuelta a su lugar habitual en la biblioteca y, junto a ella, había un libro similar, que no era otro que el volumen robado de la Biblioteca Nacional.

A las once llegaron los militares. Devanne los recibió con su habitual alegría, pues, por mucho que le doliera la pérdida de sus tesoros artísticos, su gran riqueza le permitía soportar su pérdida con filosofía. Sus invitados, Monsieur y Madame d'Androl y la señorita Nelly, fueron presentados; y entonces se advirtió que uno de los invitados esperados no había llegado. Era Horace Velmont. ¿Vendría? Su ausencia había despertado las sospechas de Monsieur Devanne. Pero a las doce llegó. Devanne exclamó:

"¡Ah, aquí estás!"

"¿Por qué, no soy puntual?", preguntó Velmont.

"¡Sí, y me sorprende que estés... después de una noche tan ajetreada! Supongo que conoces las noticias".

"¿Qué noticias?"

"Habéis robado el castillo".

"¡Tonterías!", exclamó Velmont, sonriendo.

"Exactamente como lo predije. Pero, primero acompañe a Miss Underdown al comedor. madeimoselle, permítame..."

Se detuvo al notar la extrema agitación de la joven. Luego, recordando el incidente, dijo:

"¡Ah! Por supuesto, usted conoció a Arsène Lupin en el vapor, antes de su arresto, y está asombrada por el parecido. ¿Es eso?"

Ella no respondió. Velmont se puso delante de ella, sonriendo. Se inclinó. Ella cogió el brazo que le ofrecía. Él la acompañó a su sitio y se sentó frente a ella. Durante el desayuno, la conversación versó exclusivamente sobre Arsène Lupin, los bienes robados, el pasaje secreto y Herlock Sholmès. Sólo al final de la comida, cuando la conversación se desvió hacia otros temas, Velmont tomó parte en ella. Entonces se mostraba, por turnos, divertido y grave, hablador y pensativo. Y todos sus comentarios parecían estar dirigidos a la joven. Pero ella, absorta, no parecía escucharlos.

El café se sirvió en la terraza que daba al patio de honor y al jardín de flores frente a la fachada principal. La banda del regimiento tocaba en el césped y decenas de soldados y campesinos paseaban por el parque.

La señorita Nelly no había olvidado, ni por un momento, la solemne promesa de Lupin: "Mañana, a las tres, todo será devuelto".

¡A las tres! Y las manecillas del gran reloj del ala derecha del castillo marcaban ahora las tres menos veinte. A pesar suyo, sus ojos se desviaban hacia el reloj cada minuto. También observó a Velmont, que se balanceaba tranquilamente de un lado a otro en una cómoda mecedora.

¡Diez minutos para las tres! ... ¡Cinco minutos para las tres! ... Nelly estaba impaciente y ansiosa. ¿Era posible que Arsène Lupin cumpliera su promesa a la hora señalada, cuando el castillo, el patio y el parque estaban llenos de gente, y en el mismo momento en que los agentes de la ley proseguían sus investigaciones? Y, sin embargo, Arsène Lupin le había hecho su solemne promesa. "Será exactamente como él dijo", pensó ella, tan profundamente impresionada por la autoridad, la energía y la seguridad de aquel hombre extraordinario. Para ella, ya no asumía la forma de un milagro, sino, por el contrario, de un incidente natural que debía ocurrir en el curso ordinario de los acontecimientos. Se sonrojó y volvió la cabeza.

Las tres en punto. El gran reloj sonó lentamente: una... dos... tres... Horace Velmont sacó su reloj, lo miró y lo devolvió al bolsillo. Pasaron unos segundos en silencio, y entonces la multitud del patio se separó para dar paso a dos carros que acababan de entrar en el parque, cada uno tirado por dos caballos. Eran carros del ejército, como los que se utilizan para el transporte de provisiones, tiendas y otros pertrechos militares necesarios. Se detuvieron frente a la entrada principal, y un sargento comisario bajó de uno de los carros y preguntó por Monsieur Devanne. Un momento después, este señor salió de la casa, bajó los escalones y, bajo las lonas de los vagones, contempló sus muebles, cuadros y adornos cuidadosamente empaquetados y ordenados.

Al ser interrogado, el sargento presentó una orden que había recibido del oficial del día. Por esta orden, la segunda compañía del cuarto batallón recibió la orden de dirigirse al cruce de Halleux, en el bosque de Arques, recoger los muebles y otros artículos allí depositados y entregarlos a Monsieur Georges Devanne, propietario del castillo de Thibermesnil, a las tres de la tarde. Firmado: coronel Beauvel.

"En el cruce -explicó el sargento- encontramos todo preparado, tirado en la hierba, custodiado por algunos transeúntes. Parecía muy extraño, pero la orden era imperativa".

Uno de los oficiales examinó la firma. Declaró que era una falsificación, pero una hábil imitación. Se descargaron los carros y se devolvió la mercancía a su lugar en el castillo.

Durante esta conmoción, Nelly había permanecido sola en el extremo de la terraza, absorbida por pensamientos confusos y distraídos. De repente, observó que Velmont se acercaba a ella. Hubiera querido evitarlo, pero la balaustrada que rodeaba la terraza le cortaba la retirada. Estaba acorralada. No podía moverse. Un rayo de sol, que atravesaba el escaso follaje de un bambú, iluminó su hermosa cabellera dorada. Alguien le habló en voz baja:

"¿No he cumplido mi promesa?"

Arsène Lupin estaba cerca de ella. No había nadie más cerca. Repitió, con voz tranquila y suave:

"¿No he cumplido mi promesa?"

Esperaba una palabra de agradecimiento, o al menos algún ligero movimiento que delatara el interés de ella por el cumplimiento de su promesa. Pero ella permaneció en silencio.

Su actitud despectiva molestó a Arsène Lupin; y se dio cuenta de la enorme distancia que le separaba de la señorita Nelly, ahora que ella había sabido la verdad. De buena gana se habría justificado ante ella, o al menos habría alegado circunstancias atenuantes, pero percibió lo absurdo e inútil de tal intento. Finalmente, dominado por un torrente de recuerdos, murmuró:

"¡Ah! ¡Cuánto tiempo hace de eso! Recuerda las largas horas en la cubierta del "Provence". Entonces llevabas una rosa en la mano, una rosa blanca como la que llevas hoy. Te la pedí. Hiciste como si no me hubieras oído. Cuando te marchaste, encontré la rosa -olvidada, sin duda- y me la quedé".

Ella no respondió. Parecía estar muy lejos. Él continuó:

"En recuerdo de esas horas felices, olvida lo que has aprendido desde entonces. Separa el pasado del presente. No me consideres como el hombre que viste anoche, sino que mírame, aunque sea por un momento, como lo hiciste en aquellos lejanos días en que yo era Bernard d'Andrezy, por un corto tiempo. ¿Lo harás, por favor?"

Ella levantó los ojos y le miró como él le había pedido. Luego, sin decir una palabra, señaló un anillo que llevaba en el dedo índice. Sólo se veía el anillo; pero el engaste, que estaba girado hacia la palma de su mano, consistía en un magnífico rubí. Arsène Lupin se sonrojó. El anillo pertenecía a Georges Devanne. Sonrió con amargura y dijo:

"Tienes razón. No se puede cambiar nada. Arsène Lupin es ahora y siempre será Arsène Lupin. Para ti no puede ser ni siquiera un recuerdo. Perdóname... Debería haber sabido que cualquier atención que pueda ofrecerle ahora es simplemente un insulto. Perdóname".

Se apartó, con el sombrero en la mano. Nelly pasó ante él. Se sintió inclinado a detenerla y pedirle perdón. Pero le faltó valor y se contentó con seguirla con la mirada, como había hecho cuando ella bajó por la pasarela del muelle de Nueva York. Ella subió los escalones que conducían a la puerta y desapareció dentro de la casa. Él no la vio más.

Una nube ocultó el sol. Arsène Lupin se quedó mirando las huellas de sus pequeños pies en la arena. De repente, se sobresaltó. Sobre la caja que contenía el bambú, junto a la cual Nelly había estado de pie, vio la rosa, la rosa blanca que había deseado, pero no se atrevió a pedir. Olvidada, sin duda, ¡también ella! Pero, ¿cómo? ¿A propósito o por distracción? La cogió con ganas. Algunos de sus pétalos cayeron al suelo. Los recogió, uno a uno, como reliquias preciosas.

"¡Vamos!", se dijo, "no tengo nada más que hacer aquí. Debo pensar en mi seguridad, antes de que llegue Herlock Sholmès".

* * *

El parque estaba desierto, pero algunos gendarmes estaban apostados en la puerta del parque. Entró en un bosquecillo de pinos, saltó el muro y, como atajo hacia la estación de ferrocarril, siguió un camino que atravesaba los campos. Después de caminar unos diez minutos, llegó a un punto en el que el camino se estrechaba y discurría entre dos orillas empinadas. En este barranco, se encontró con un hombre que viajaba en dirección contraria. Era un hombre de unos cincuenta años, alto, bien afeitado y con ropa de corte extranjero. Llevaba un pesado bastón y una pequeña mochila atada al hombro. Cuando se encontraron, el desconocido habló, con un ligero acento inglés:

"Disculpe, Monsieur, ¿es este el camino al castillo?"

"Sí, Monsieur, todo recto, y gire a la izquierda cuando llegue a la muralla. Le están esperando".

"¡Ah!"

"Sí, mi amigo Devanne nos dijo anoche que venía usted, y estoy encantado de ser el primero en darle la bienvenida. Herlock Sholmès no tiene un admirador más ardiente que yo mismo".

Hubo un toque de ironía en su voz que lamentó rápidamente, pues Herlock Sholmès lo escrutó de pies a cabeza con una mirada tan aguda y penetrante que Arsène Lupin experimentó la sensación de ser apresado, aprisionado y registrado por esa mirada de forma más completa y precisa de lo que jamás lo había sido por una cámara.

"Mi negativo está tomado ahora", pensó, "y será inútil usar un disfraz con ese hombre. Miraría a través de él. Pero, me pregunto, ¿me habrá reconocido?".

Se inclinaron el uno hacia el otro como si estuvieran a punto de separarse. Pero, en ese momento, oyeron un ruido de pies de caballo, acompañado de un tintineo de acero. Eran los gendarmes. Los dos hombres se vieron obligados a retroceder contra el terraplén, entre los matorrales, para evitar los caballos. Los gendarmes pasaron, pero, como se siguieron a una distancia considerable, tardaron varios minutos en hacerlo. Y Lupin pensaba:

"Todo depende de esa pregunta: ¿me ha reconocido? Si es así, probablemente aprovechará la oportunidad. Es una situación difícil".

Cuando pasó el último jinete, Herlock Sholmès se adelantó y se quitó el polvo de la ropa. Luego, por un momento, él y Arsène Lupin se miraron; y, si alguien hubiera podido verlos en ese momento, habría sido un espectáculo interesante y memorable como el primer encuentro de dos hombres notables, tan extraños, tan poderosamente equipados, ambos de calidad superior y destinados por el destino, a través de sus atributos peculiares, a lanzarse el uno contra el otro como dos fuerzas iguales que la naturaleza opone, una contra la otra, en los reinos del espacio.

Entonces el inglés dijo: "Gracias, Monsieur".

Se separaron. Lupin se dirigió a la estación de tren, y Herlock Sholmès continuó su camino hacia el castillo.

Los agentes locales habían abandonado la investigación tras varias horas de esfuerzos infructuosos, y la gente del castillo esperaba la llegada del detective inglés con una viva curiosidad. A primera vista, se sintieron un poco decepcionados por su aspecto vulgar, que difería tanto de las imágenes que se habían formado de él en sus propias mentes. No se parecía en nada al héroe romántico, al personaje misterioso y diabólico que el nombre de Herlock Sholmès había evocado en sus imaginaciones. Sin embargo, Monsieur Devanne exclamó con mucho gusto:

"¡Ah! Monsieur, está usted aquí! Estoy encantado de verle. Es un placer largamente postergado. En realidad, apenas lamento lo que ha sucedido, ya que me da la oportunidad de conocerle. Pero, ¿cómo ha venido?"

"En tren".

"Pero envié mi automóvil a recibirlo en la estación".

"¿Una recepción oficial, eh? ¡Con música y fuegos artificiales! No, para mí no. Esa no es mi manera de hacer negocios", refunfuñó el inglés.

Este discurso desconcertó a Devanne, que respondió, con una sonrisa forzada:

"Afortunadamente, el negocio se ha simplificado mucho desde que le escribí a usted".

"¿En qué sentido?"

"El robo tuvo lugar anoche".

"Si no hubieras anunciado mi visita, es probable que el robo no se hubiera cometido anoche".

"¿Cuándo, entonces?"

"Mañana, o algún otro día".

"¿Y en ese caso?"

"Lupin habría sido atrapado", dijo el detective.

"¿Y mis muebles?"

"No se los habrían llevado".

"¡Ah! Pero mis bienes están aquí. Los trajeron a las tres".

"Por Lupin".

"En dos carros del ejército".

Herlock Sholmès se puso la gorra y se ajustó la mochila. Devanne exclamó, ansioso:

"Pero, Monsieur, ¿qué va a hacer?"

"Me voy a casa".

"¿Por qué?"

"Sus bienes han sido devueltos; Arsène Lupin está lejos... no hay nada que pueda hacer".

"Sí, lo hay. Necesito su ayuda. Lo que ocurrió ayer, puede volver a ocurrir mañana, ya que no sabemos cómo entró, ni cómo escapó, ni por qué, unas horas después, devolvió los bienes."

"¡Ah! No saben..."

La idea de un problema a resolver aceleró el interés de Herlock Sholmès.

"Muy bien, hagamos una búsqueda... de inmediato... y a solas, si es posible".

Devanne comprendió y condujo al inglés al salón. Con voz seca y nítida, y con frases que parecían haber sido preparadas de antemano, Sholmès hizo una serie de preguntas sobre los acontecimientos de la noche anterior, e indagó también sobre los invitados y los miembros de la casa. Luego examinó los dos volúmenes de la "Chronique", comparó los planos del pasaje subterráneo, pidió que se repitieran las frases descubiertas por el padre Gélis, y luego preguntó:

"¿Fue ayer la primera vez que dijo esas dos frases a alguien?"

"Sí".

"¿No se las había comunicado entonces a Horacio Velmont?"

"No."

"Bueno, pide el automóvil. Debo partir en una hora".

"¿En una hora?"

"Sí; en ese tiempo, Arsène Lupin resolvió el problema que usted le planteó".

"Yo... le planteé..."

"Sí, Arsène Lupin u Horace Velmont... lo mismo".

"Ya me lo imaginaba. ¡Ah! el sinvergüenza!"

"Ahora, veamos", dijo Sholmès, "anoche, a las diez, usted proporcionó a Lupin la información que le faltaba y que había estado buscando durante muchas semanas. Durante la noche, tuvo tiempo de resolver el problema, reunir a sus hombres y robar el castillo. Yo seré igual de expeditivo".

Caminó de un extremo a otro de la habitación, sumido en sus pensamientos, y luego se sentó, cruzó sus largas piernas y cerró los ojos.

Devanne esperó, bastante avergonzado. Pensó: "¿Está el hombre dormido? ¿O sólo está meditando?". Sin embargo, salió de la habitación para dar algunas órdenes, y cuando volvió encontró al detective de rodillas escudriñando la alfombra al pie de la escalera de la galería.

"¿Qué pasa?", preguntó.

"Mire... allí... manchas de una vela".

"Tiene razón... y muy recientes".

"Y también las encontrará en lo alto de la escalera, y alrededor del armario en el que irrumpió Arsène Lupin, y del que sacó los bibelots que después colocó en este sillón".

"¿Qué concluye de eso?"

"Nada. Estos hechos explicarían sin duda la causa de la restitución, pero esa es una cuestión secundaria que no puedo esperar a investigar. La cuestión principal es el pasaje secreto. Primero, dígame, ¿hay una capilla a unos doscientos o trescientos metros del castillo?"

"Sí, una capilla en ruinas, que contiene la tumba del duque Rollo".

"Dígale a su chofer que nos espere cerca de esa capilla".

"Mi chófer no ha vuelto. Si lo hubiera hecho, me habrían informado. ¿Cree que el pasaje secreto llega hasta la capilla? ¿Qué razón tiene...?"

"Le pido, Monsieur", interrumpió el detective, "que me proporcione una escalera y una linterna".

"¿Qué? ¿Necesita una escalera y una linterna?"

"Ciertamente, o no los habría pedido".

Devanne, algo desconcertado por esta burda lógica, tocó el timbre. Los dos artículos fueron entregados con la severidad y precisión de las órdenes militares.

"Coloque la escalera contra la librería, a la izquierda de la palabra Thibermesnil".

Devanne colocó la escalera como se le indicó, y el inglés continuó:

"Más a la izquierda... a la derecha... ¡Ahí! ... Ahora, suba... Todas las letras están en relieve, ¿verdad?".

"Sí."

"Primero, gire la letra I hacia un lado u otro".

"¿Cuál? Hay dos".

"La primera".

Devanne tomó la carta y exclamó:

"¡Ah! sí, gire hacia la derecha. ¿Quién se lo ha dicho?"

Herlock Sholmès no respondió a la pregunta, sino que continuó con sus indicaciones:

"Ahora, tome la letra B. Muévala hacia adelante y hacia atrás como si fuera un cerrojo".

Devanne lo hizo y, para su gran sorpresa, produjo un sonido de clic.

"Muy bien", dijo Sholmès. "Ahora iremos al otro extremo de la palabra Thibermesnil, probaremos con la letra I, y veremos si se abre como un cerrojo".

Con cierta solemnidad, Devanne cogió la letra. Se abrió, pero Devanne cayó de la escalera, pues toda la sección de la librería, situada entre la primera y la última letra de las palabras, giró sobre un pivote y dejó al descubierto el pasaje subterráneo.

Herlock Sholmès dijo, fríamente:

"¿No está usted herido?"

"No, no", dijo Devanne, mientras se ponía en pie, "no estoy herido, sólo desconcertado. No puedo entender ahora... esas letras giran... el pasaje secreto se abre..."

"Ciertamente. ¿No coincide exactamente con la fórmula dada por Sully? Poner un ojo en la abeja que tiembla, el otro ojo te llevará a Dios".

"¿Pero Luis XVI?", preguntó Devanne.

"Luis XVI era un cerrajero inteligente. He leído un libro que escribió sobre cerraduras de combinación. Fue una buena idea por parte del dueño de Thibermesnil mostrar a Su Majestad un mecanismo inteligente. Como ayuda para su memoria, el rey escribió: 3-4-11, es decir, la tercera, cuarta y undécima letra de la palabra".

"Exactamente. Lo entiendo. Explica cómo salió Lupin de la habitación, pero no explica cómo entró. Y es seguro que vino del exterior".

Herlock Sholmès encendió su linterna y salió al pasillo.

"¡Mire! Todo el mecanismo está expuesto aquí, como los mecanismos de un reloj, y se puede acceder al reverso de las letras. Lupin hizo la combinación desde este lado, eso es todo".

"¿Qué prueba hay de eso?"

"¿Pruebas? Pues mire ese charco de aceite. Lupin previó que las ruedas necesitarían aceite".

"¿Sabía lo de la otra entrada?"

"Tan bien como lo sé yo", dijo Sholmès. "Sígame".

"¿En ese pasaje oscuro?"

"¿Tiene miedo?"

"No, pero ¿está seguro de que puede encontrar la salida?"

"Con los ojos cerrados".

Primero bajaron doce escalones, luego otros doce y, más adelante, otros dos tramos de doce escalones cada uno. Luego atravesaron un largo pasillo, cuyas paredes de ladrillo mostraban las marcas de sucesivas restauraciones y, en algunos puntos, goteaban agua. La tierra, además, estaba muy húmeda.

"Estamos pasando por debajo del estanque", dijo Devanne, algo nervioso.

Por fin, llegaron a una escalera de doce peldaños, seguida de otras tres de doce peldaños cada una, que subieron con dificultad, y luego se encontraron en una pequeña cavidad cortada en la roca. No pudieron seguir adelante.

"¡Caramba!", murmuró Sholmès: "Nada más que paredes desnudas. Esto es una provocación".

"Volvamos", dijo Devanne. "Ya he visto suficiente para satisfacerme".

Pero el inglés levantó la vista y lanzó un suspiro de alivio. Allí vio el mismo mecanismo y la misma palabra que antes. Sólo tenía que trabajar las tres letras. Así lo hizo, y un bloque de granito salió de su sitio. En el otro lado, este bloque de granito formaba la lápida del duque Rollo, y la palabra "Thibermesnil" estaba grabada en relieve. Ahora estaban en la pequeña capilla en ruinas, y el detective dijo:

"El otro ojo lleva a Dios; es decir, a la capilla".

"¡Es maravilloso!", exclamó Devanne, asombrado por la clarividencia y la vivacidad del inglés. "¿Es posible que esas pocas palabras le hayan bastado?"

"¡Bah!", declaró Sholmès, "ni siquiera eran necesarias. En la carta del libro de la Biblioteca Nacional, el dibujo termina a la izquierda, como usted sabe, en un círculo, y a la derecha, como usted no sabe, en una cruz. Ahora bien, esa cruz debe referirse a la capilla en la que estamos ahora".

El pobre Devanne no podía creer lo que oía. Era todo tan nuevo, tan novedoso para él. Exclamó:

"¡Es increíble, milagroso, y sin embargo de una simplicidad infantil! ¿Cómo es que nadie ha resuelto el misterio?"

"Porque nadie ha unido nunca los elementos esenciales, es decir, los dos libros y las dos frases. Nadie, excepto Arsène Lupin y yo mismo".

"Pero, el padre Gélis y yo sabíamos todo eso, y, asimismo..." Sholmès sonrió, y dijo:

" Monsieur Devanne, todo el mundo no puede resolver acertijos".

"Llevo diez años intentando lograr lo que usted hizo en diez minutos".

"¡Bah! Estoy acostumbrado".

Salieron de la capilla y encontraron un automóvil.

"¡Ah! hay un automóvil esperándonos".

"Sí, es el mío", dijo Devanne.

"¿El suyo? Dijo que tu chófer no había vuelto".

Se acercaron a la máquina y Monsieur Devanne interrogó al chófer:

"Edouard, ¿quién te dio la orden de venir aquí?"

"Pues fue Monsieur Velmont".

"¿Monsieur Velmont? ¿Le conociste?"

"Cerca de la estación de tren, y me dijo que viniera a la capilla".

"¡Que viniera a la capilla! ¿Para qué?"

"Para esperarle a usted, Monsieur, y a su amigo".

Devanne y Sholmès intercambiaron miradas, y Monsieur Devanne dijo:

"Sabía que el misterio sería sencillo para usted. Es un delicado cumplido".

Una sonrisa de satisfacción iluminó por un momento las serias facciones del detective. El cumplido le complacía. Sacudió la cabeza, mientras decía:

"¡Un hombre inteligente! Lo supe cuando lo vi".

"¿Le ha visto usted?"

"Me lo encontré hace poco tiempo... cuando venía de la estación".

"¿Y sabías que era Horace Velmont... es decir, Arsène Lupin?"

"Así es. Me pregunto cómo llegó..."

"No, pero supuse que era... por cierto discurso irónico que hizo".

"¿Y usted le permitió escapar?"

"Por supuesto que lo hice. Y eso que tenía todo de mi parte, como cinco gendarmes que se cruzaron con nosotros".

"¡*Sacrableu*!", gritó Devanne. "Debería haber aprovechado la oportunidad".

"Realmente, Monsieur", dijo el inglés, con altanería, "cuando me encuentro con un adversario como Arsène Lupin, no aprovecho las oportunidades fortuitas, las creo".

Pero el tiempo apremiaba, y ya que Lupin había tenido la amabilidad de enviar el automóvil, decidieron aprovecharlo. Se sentaron en la cómoda limusina, Edouard se puso al volante y se dirigieron a la estación de tren. De repente, los ojos de Devanne se fijaron en un pequeño paquete que había en uno de los bolsillos del coche.

"¿Qué es eso? Un paquete. ¿De quién es? Es para usted".

"¿Para mí?"

"Sí, está dirigido: Herlock Sholmès, de Arsène Lupin".

El inglés tomó el paquete, lo abrió y descubrió que contenía un reloj.

"¡Ah!", exclamó con un gesto de enfado.

"Un reloj", dijo Devanne. "¿Cómo ha llegado ahí?".

El detective no respondió.

"¡Oh, es su reloj! Arsène Lupin le devuelve su reloj. Pero, para devolverlo, debe haberlo cogido. ¡Ah! ¡Ya veo! Se llevó su reloj. Es un buen reloj. ¡El reloj de Herlock Sholmès robado por Arsène Lupin! ¡*Mon Dieu*! ¡Eso es gracioso! De verdad... debe disculparme... no puedo evitarlo".

Rugió de risa, incapaz de controlarse. Después de lo cual, dijo, en un tono de seria convicción:

"¡Un hombre inteligente, ciertamente!"

El inglés no movió un músculo. Durante el trayecto a Dieppe, no pronunció ni una sola palabra, sino que fijó su mirada en el paisaje que volaba. Su silencio era terrible, insondable, más violento que la rabia más salvaje. En la estación de ferrocarril, habló con calma, pero con una voz que impresionaba por la enorme energía y fuerza de voluntad de aquel hombre famoso. Dijo:

"Sí, es un hombre inteligente, pero algún día tendré el placer de poner sobre su hombro la mano que ahora le ofrezco a usted, Monsieur Devanne. Y creo que Arsène Lupin y Herlock Sholmès volverán a encontrarse algún día. Sí, el mundo es demasiado pequeño... nos encontraremos... debemos encontrarnos... y entonces..."

FIN